曼斯菲爾的小油燈

曼斯菲爾的小油燈

文學轉化為戲劇的課堂

何洵怡

香港城市大學出版社
City University of Hong Kong Press

國際統一書號：978-962-937-669-7

出版
香港城市大學出版社
香港九龍達之路
香港城市大學
網址：www.cityu.edu.hk/upress
電郵：upress@cityu.edu.hk

Mansfield's Small Oil Lamp:
Transforming Literature into Drama in the Classroom
(in traditional Chinese characters)

ISBN: 978-962-937-669-7

Published by
City University of Hong Kong Press
Tat Chee Avenue
Kowloon, Hong Kong
Website: www.cityu.edu.hk/upress
E-mail: upress@cityu.edu.hk

Printed in Hong Kong

獻給

教過我的老師，

以及

我教過的學生，

感激相遇。

目錄

推薦序

去年仲夏收到何洵怡的書稿，她對文學教育的理想和熱忱感動了我。作者酷愛文學，出入古今中外典籍，遊學四方，又有豐富的教學履歷。文學和戲劇教育是她的專精本行，在大學裏還曾獲優秀教學獎。本書可說凝聚了她平生的戲劇教學精華。

讀《曼斯菲爾的小油燈》是一趟歷奇而暖心的旅程。她以雀躍的心情閱讀和創作，甚至快樂得手舞足蹈。她以曼斯菲爾小說《玩具屋》中的小油燈，作為本書的中心意象和內涵。「縱使世界充滿陰暗，但決不絕望。小油燈雖然微小，卻如此美麗、柔和堅定。更重要的是，它讓我們看見。」這精神和她服膺的馬修・李普曼（Matthew Lipman）教育哲學：融會「判別、創意、關懷思考」（critical, creative, and caring thinking）不謀而合。

這理念的確為她的文學教育課程賦予深刻的意義。她認為透過由紙本化為舞台，師生共同改編、演出，構成自己心中的美學世界。每次閱讀、改編、演出，到關懷實踐，每個人都不是旁觀者，而是與作者、角色人物一起提燈，凝聚微光為強大的光芒，照亮黑暗。她嘗試發掘每篇文學作品的中心思想和戲劇衝突，從而歸結出一些探究的問題，讓學生層層推論、判斷，甚至自我修正。她深信每位讀者的生命與作品的交流都是獨一無二的。

「文學與藝術除了美的賞析，還應對他人有更多觸動，那是說，投入情感和凝視生命價值。」原來她是依此信念軌跡寫作的，更可貴的是她有多年文學與戲劇教學經驗。本書可說是理論與實踐並行的書。文學教育理當從學子開始，作者希望師生「不論在課堂或生活，都能在文學和戲劇的信念獲得美善力量。」

何洵怡本着深刻思考、美感創造、真切關懷三方面理念為基礎，試圖梳理由文學作品改編為舞台演出的原則、過程、方法。這活動立足於教室，因此鼓勵學生深入閱讀，並按部就班由模擬到變化，學習改編技巧，中間經歷文字變換和舞台演繹兩次轉化。人文教育的特色在於體驗，「因為體驗是一種真實的感受，是一種精神的投入」(頁 202)。

我看到作者如同一個快樂的園丁，投入大量的時間、精力、體力與學子互動。育苗護苗的身影背後，是怎樣一種溫柔的驅動力？也許在她心中那一盞點亮的小油燈，使她不論四周環境多麼黝黑、土壤多麼貧瘠，依然默默耕耘。她有極其細膩的心思，無論自己演出獨白劇，或學生演繹改編作品，都能看到新的生命和各有異彩的精神世界。她鼓勵嘗試新的手法去演繹，不囿於傳統。例如在原著空隙處開拓情節，原詩和劇本對白交錯，定格與朗讀劇場結合，因應作品主題而發掘不同聲音效果；同一個作家不同作品合成新的劇場，不同作品互通聲氣；劇本與不同媒介（如繪畫、音樂、電影）的結合探究等。她鼓勵學生多閱讀，多儲備資源，拓闊視野，並嘗試跳出原有思考框框，就會有驚喜收穫。

如何把戲劇注入文學教室，並呈現 Lipman 整全思考的精神？這正是本書焦點所在。作者談到改編的問題，文字轉化為演出，完全忠於原著是不可能的，或多或少都注入改編者的主觀解讀。改編也屬創作，改編本身就是演繹、創新的過程（頁 6）。

本書的重點是戲劇教學，因應學生的能力與進度，展現改編的不同層次，逐步引導他們學習。學生必須具備深厚文學根柢，並與老師一起商議合作。首先原著和改編需要互相呼應，也可互相競爭。本書取材多元，揀選兩篇古典詩、兩篇現代詩、兩篇散文、兩篇小說。體裁不一而足，然而相同的是，都有劇場元素和想像的空間。

例如第二章選擇杜甫的〈兵車行〉，立時讓我想起去年春天引發戰火的烏克蘭，軍隊也因兵源不足，而發生沿街強行拉夫入伍的畫面。儘管相隔年代久遠，然而他們的命運和〈兵車行〉的主角何其相似。改編古詩的戰爭題材，既充滿悲劇性，亦具現代感。它啟發青少年學生想像的空間，引發他們同情憐憫的情操，達至對弱勢群體的生命關懷。舞台兩側誦詩者是詩人和敘事者，似乎發揮了希臘悲劇歌詠隊的作用。戲劇演出是走入情境，產生強烈的共鳴。作者每一章都有建議師生共同閱讀的作品。本章亦不例外，有共閱戰爭題材的許多繪本，豐富了改編的內涵，令學生腦洞大開。

我深信，在何洵怡的文學教室裏，未來的作家就是這樣煉成的。作者每一回領學子改編演出的過程，竟然是思想、情感、生命全方位體驗的旅程。她本着文學教育的熱忱，令學子在閱讀和演出的歷程裏，獲得信念和美善的力量。文學藝術發揮了無形的感染力和教化之功。這是本書的價值所在。作者的精神令人欽佩！

黎海華

「阡陌文學工作室」總監
2023 年 3 月

自序

時間拉回 2018 年夏，我參加波蘭華沙的國際文憑（International Baccalaureate）課程「文學與演出」工作坊，獲益良多，但我心想，除交流各樣文學和演出技巧，是否也需要探討背後的教育理論？同一時間，我到訪 Auschwitz-Birkenau State Museum，即二戰時的奧斯威辛集中營，這裏發生的慘劇，一直刺痛我的靈魂；我又進一步思考：文學與藝術除了美的賞析，還應對他人有更多觸動，那是說，投入情感和凝視生命價值。

2021 年，時代巨變，我寫下這本微不足道的小書，藉着「文學的戲劇轉化」這個課題，思考教育意義，希望在幽暗處點起小油燈，發出真善美的亮光。這本書總結我多年文學與戲劇教學經驗，希望能開拓融合這兩方面的教育理論和實踐。

本書能得以出版，實在感謝黎海華、龍應台、謝素堅、潘温文、李仕芬、高玉華、洪嘉惠、評審學者、香港城市大學出版社的幫忙，以及家人的支持，這是許多人努力的成果，我衷心致意。

何洵怡

2022 年 9 月

一◎導論

古今中外，文本轉化為戲劇表演絕非什麼新鮮事物。以中國為例，元雜劇和明傳奇當中，來自史傳記載、民間故事或詩詞小說的作品，比比皆是，諸如元雜劇《竇娥冤》、《漢宮秋》、《李逵負荊》、《梧桐雨》等。現代話劇像曹禺、郭沫若、姚克的歷史話劇，也有類似的情況。這眾多的例子說明，原著一定有些引人入勝的元素，令大眾和文人一說再說，不斷變化傳誦下去。不同年代、媒介又產生新的意趣，加強作品的吸引力。課堂亦如是，學生閱讀有趣味的作品／文本，除以書評或隨筆回應外，能否也把所思所感化作戲劇，讓他人觀賞？從教與學的角度而言，由個人／讀者到編劇，再到小組／全班／更多觀眾，這中間的流轉所產生的衝擊是非常巨大的。

文學如人生，那麼教室內的師生就要深刻思考和體會作品所呈現的生命，並且對美有所感悟。有些問題不能停留在表面的理解，必須追問下去。問的同時我們的情緒亦被觸動，因為人性深處的善惡悲喜，既是別人，也是自己內心的寫照。每個故事都擴闊我們的視野和深度。此外，每次閱讀，或轉化為另一媒介的創造，都是一場美的歷程，以心靈欣賞、探索藝術的形式與內涵。

運作上，課室劇場若有燈光、音響等設施，效果固然炫目；即使沒有這些配套，只要一點空間、幾張椅桌，也可以成就動人的舞台。現在我們先點亮從曼斯菲爾（Katherine Mansfield, 1888–1923）的《玩具屋》（*The Doll's House*）借來的小油燈，再慢慢道出這段美麗的經歷，由它的背景開

始，至文字形式的轉化，再到立體演繹，最後回應原來的信念。[1] 以下共有十節：

一、文學教室的整全思考

文學閱讀不單是了解內容、技巧，更是沉思、對美和生命有所感悟。若只為應付考試，或有距離地聆聽一個動聽的故事、念幾句鏗鏘的詩句，而與自己和別人的生命無關，這決不是文學教育的真諦。每個讀者閱讀文學的歷程都獨一無二，他的生命與作品相交，而過程中三方面的思考會產生變化——判別（critical）、創意（creative）、關懷（caring）。教育哲學家馬修·李普曼（Matthew Lipman, 1923–2010）這個理念為文學教育賦予深刻的意義。他以莎士比亞（William Shakespeare, 1564–1616）的十四行詩（sonnet）第18首〈我可否把你比作夏日？〉（"Shall I Compare Thee to a Summer's Day?"）為例說明，詩人一開始就發出尖銳的問題，令人思考，然後帶來一連串充滿想像的比喻（頁261）。詩人的一字一句都充滿深情，發出愛意和讚美；讀者在鏗鏘的音調中投入詩人濃烈的情感。大自然夏日的美始終會消逝，但詩人使其所愛的對象在詩句化作永恆。藝術千秋，人生短暫，這是多麼富哲理又刻骨銘心的表白。

文學真實反映人生，古今中外的文學作品離不開悲歡離合、善惡生死、光明與黑暗、美麗與哀愁，我們要嚴肅回應。Lipman的學說讓我們明白，判別、創意、關懷的心靈是整全的思考，在學習過程中缺一不可：

1　曼斯菲爾為英國小說家，詳見第八章。

Lipman 的整全思考（頁 200）

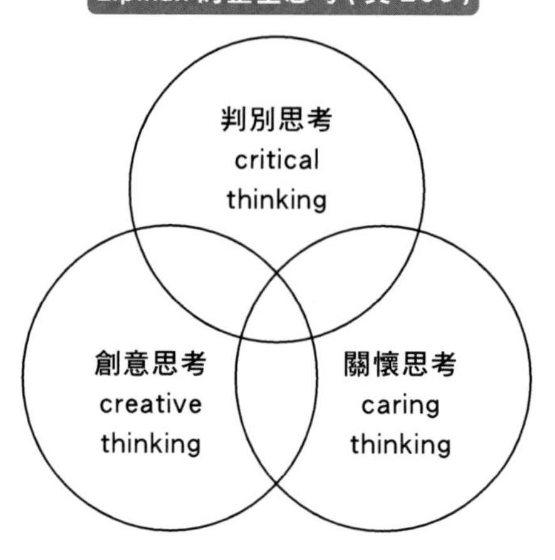

這三個平等的環有相疊之處，Lipman 列舉很多事例來說明。判別方面，他強調精確推論和判斷，講求方法和證據，並懂得自我修正（頁 224）。誠然，讀者要細細推敲分析，探究故事背後的因由和歸納生命現象；創意方面，他強調原創、想像、驚奇（surprise）、自我超越等元素（頁 246）。文學和所有藝術一樣，都是主觀、別出心裁、美的表達與感悟，其形式與內容又是融合一致的。創作飛躍奔騰，雖意料之外，亦情理之中，讓人驚嘆後沉思。關懷方面，Lipman 看重情感、欣賞、感同身受、積極（active）這些內涵。如果思想缺乏關懷，等於掏空內在價值（values），不單對於所處理的題材傾向冷漠，甚至對探究本身也缺乏信心（頁 270）。此論發人深省，思考離不開以人為本，有深度的讀者要覺知和尊重人的生命，而這份關懷真正發自內心。總結而言，上面的論述和圖表，就是本書所秉持的文學教室的人文理念；圓圈相疊之處尤為重要，那是過程中三種思考融為一體，是每個學習者自身的尋索體會之路。

二、文學改編為劇作

文學與戲劇

「文學」包括詩歌、散文、小說、戲劇等體裁。若紙上的戲劇化為演出（performance），那「戲劇」又會成為一門獨立的藝術，與文學、音樂、舞蹈、雕刻等領域分庭抗禮。

戲劇演出的特點是角色扮演（role-playing），一個人需要模擬、代入、投進另一個人的生命，有情、有理、有行動，以假為真。同時，大家又知道這是演戲，是不真實的。故此，演員和觀眾既投入，亦有距離地經歷不同的人生。這個藝術特點使得文學教室充滿趣味和深度。但如何把戲劇注入文學教室，並呈現 Lipman 整全思考的精神？這正是本書的焦點所在。

文字形式的轉化

從文本到表演，第一步是文字形式的轉化。這是由詩歌、散文、小說等不同文類的文字，轉化為戲劇的文字，即「代言體」，由演員說出對白。如果作品本身就是戲劇，改編為演出版本的變化相對較少，今從略。第二步是文字轉化為演出。以下圖表闡述兩次轉化的過程：

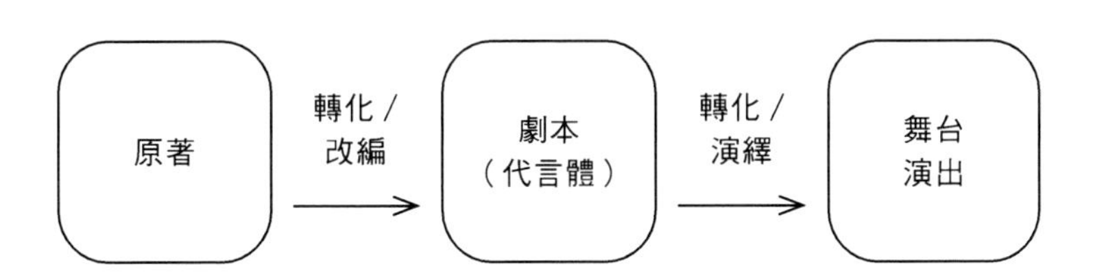

現在先談第一步。編劇不論原創或改編都要有舞台(stage)意識，即對作品的時間和空間有所限制，篇幅不能過長，也不能過於海闊天空，讓人物任意翱翔。然而，這舞台「限制」，亦正是其藝術精華所在——情節集中，呈現戲劇張力(tension)，在短時間內牢牢牽引觀眾的情緒。如何構成張力？Babbage 舉例說可加強個人的內在衝突、外在環境衝突、角色的內外衝突(頁 36)。如此，藝術的表達就不在乎內容多少或演出時間的長短，而是其深度了。

此外，還要從觀眾的角度考慮。觀眾不像紙本讀者般靠想像建構，他們能直接觀看演出，看到舞台呈現的一切畫面。舞台處理手法包括如何營造行動(action)的場面(本章第五節)，以及如何利用具體意象引起觀眾聯想，並表達重要的信息(第六節)。當然，每種舞台的演出方式不同，要求有異，如默劇就連對白也不需要。這環節大概說明編劇需要留意的重點。

三、改編忠於原著的問題

「忠實」(Fidelity)程度是改編理論的焦點。傳統觀念認為原著是根本，自然比改編重要。即使如何用心改編為舞台劇或電影，只要失去原著的味道，即內容、風格、主題與原著有別，口碑必然不佳。及後情況逐漸變化，越來越多學者(例如 Wagner, McFarlane, Stam, Hutcheon)指出改編也屬創作，有其獨特的價值，不用仿效原著。Hutcheon 直言，改編本身就是演繹、創新的過程(頁 20)。Stam 認為改編固然有好壞之分，但標準不在於改編的忠實程度。原著與改編屬於不同媒介，不可能一樣；兩者的關係，宜形容為「持續對話過程」(an ongoing dialogical process)(頁 4–5)。這個說法好像在兩個陣營中找到某個共通點。

雖然具體的改編技巧很多,且創意無窮,諸如節選、濃縮、擴充、刪減、合併(多於一部原著)等手法,但最重要的還是先釐清原則的問題。[2] 當中較多人談論三分法的概念:1. 緊貼原文的改編(literal adaptation),幾乎沒有修飾、增刪情節,尤其保留對白的原汁原味;2. 盡量忠實的改編(faithful adaptation),為遷就新媒介而有所變動,但力求保留原文的細節和神髓;3. 寬鬆改編(loose adaptation),即僅依從原著某些情節或意念,其餘大部分為自行創作。這三者並非壁壘分明,只是程度有別(Giannetti,頁 362–365;李歐梵,頁 34)。從廣義的藝術角度而言,不同程度轉化的創作都值得尊重。

文學教室蘊含深刻閱讀文本的目標,故較偏重首兩項原則。筆者認為,假如忠實程度是一道光譜,那麼討論光譜兩端的意義其實不大。首先,完全忠於原著是不可能的。任何改編或多或少都注入改編者的主觀解讀,有創作成分,所以原著和改編非絕對等同。至於「寬鬆改編」,只是借助原著來借題發揮,算是嶄新的創作,談不上與原著有任何關係。故此,「寬鬆改編」暫不在本書討論之列。當然,若有文學老師的教學目標是發揮學生的創意,那又另作別論;如何自由改編也不成問題,學生可以天馬行空地創作。

2 以本書的作品為例,瘂弦〈鹽〉劇場版增補很少,艾青〈手推車〉劇場版卻有很多擴充,猶如創作全新的故事;另外,兩篇小說《快樂王子》和《玩具屋》劇場版刪去原著不少枝節。

四、文學教室的改編理念

文學與戲劇教室旨在培養學生思考，毋須考慮商業賣座的問題，故宜視原著和改編為夥伴關係，不用比較高下。根據 Rosenblatt 文學教學的讀者反應理論，讀者／改編者與作品相遇，有其實用和美學的回應，即是說雙方產生各種性質的交流 (transaction)。每位讀者／改編者和作者的每次交流，都是獨特的，有自己的體驗 (頁 23、29)。故此，筆者認為改編者閱讀作品後，會有以下經歷：理解——交流——內化——擊碎——重建。後三個階段中，改編者要把交流成果轉化為自己的東西；有自己的想法後，就可以消解原著的限制，創造新的作品。新作品與原著的關係千絲萬縷，因為這是兩者交流的成果。

本書的重點是教育戲劇，故因應學生的能力與進度，展現改編的不同層次，逐步引導其學習。學生的先備知識一定是熟讀作品和掌握劇本寫作格式。正如學習繪畫和書法一樣，最初必從臨摹開始，故第一階段「貼近」是讓學生盡量忠於原著，這樣會較容易表達劇本文句內容。作品宜短小；老師可給予範例。第二階段「變化」是容許些小改動，尤其剪裁一些次要情節和對白；本書的八個例子有很多詳盡說明。如果學生程度稍高或充分掌握作品主題，老師可容讓更多改動空間，譬如補充人物語氣、表情、動作，甚至加強劇本的對比、襯托、前後呼應效果。第三階段「融合與開拓」是較為專業的劇本處理，或許要多年累積經驗；學生必須具備深厚文學根柢，並與老師一起商議合作。以下圖表是筆者所建構的三個改編層次理念：

層次	說明
1. 貼近	這是模擬階段。改編者盡量依從原著文句、內容、結構、風格、主題。學員從中吸取作品的養分，令自己的創作受益。例子：白先勇改編《遊園驚夢》，改編者是作者本人，是罕見的情況。這個舞台的版本極為貼近原文。
2. 變化	學生能力與體會各異，改編時改動的部分可多可少。新媒體（這裏指舞台）的獨特形式，尤其是分幕與精簡情節對白，令改編版出現不同的面貌，但最重要的還是保留原著的基本風格和主題內涵。例子：曹禺改編巴金的小説《家》。
3. 融合與開拓	改編與原著的面貌看似大不相同，其實改編者捕捉了原著藝術生命的精髓或特異之處，融合自己的所思所感，最後對原著有所開拓。陳佩筠指出，文本因為存在的「特異之物」，令後人不斷改編，以不同的媒介一説再説，「需要被一再表達出的不是人們稱之為原著的某個作品，而是藝術作品本身最特異之處」（頁 43）。能夠跳出原著或改編的框框思考，從藝術本身立論，見解實在精闢。例子：張曉風改編古典篇章而成的戲劇《武陵人》、《第三害》。

在第一、二層次，原著和改編互相呼應；第三層次中，原著和改編既互相呼應，也可互相競爭。文學教室應該選擇具內涵、藝術價值高的文學作品來改編。這點正好回應陳佩筠的説法：「翻譯與改編不單只是傳達信息。這同時也部分解釋為何某些文本更常誘發新的翻譯與改編，這些藝術作品本身具有的特質與特性較其他作品更高」（頁 51）。她同時論及翻譯與改編，認為每次翻譯／改編都是「藝術品超越自身的要求」（頁 44），所以無論是翻譯／改編，還是原著，都是有張力的，因為兩者都有藝術追求，各具特異之處，有其自身發展的方向與突破。雖然學生的作品未必能一開始達到這樣的境界，但可藉此理念，推動他們邁向更高層次。

此外，陳佩筠談到讀者和觀眾的問題時指出，優秀的翻譯與改編都能夠創造新環境、新讀者、新觀眾，「翻譯與改編不是被動地回應環境，而是主動地創造環境，是讀者與觀眾在觀看過程中必須調適自身以回應這個創造出來的環境」(頁49)。說得好，新觀眾也要從新作品中體會編者的意圖，引發自身與時代的思考。像張曉風的戲劇《第三害》，觀眾已不再停留在歷史／虛構故事「周處改過自新」的文本，而是面對一個終身的挑戰——思考每人內心深處中生命「最大的惡」；他也省察如何面對今天身處的社會。[3] 觀眾與環境已經轉變，故此改編與原著既有呼應，也有競爭。

本書收錄的八個改編作品，主要介乎第一、二層次。有些改編劇本(例如〈木蘭詩〉、〈兵車行〉)為保留古典詩歌之美，讓詩歌一字不漏見於劇本中；有些劇本略為改動原著的人物和情節結構，以遷就新的故事脈絡(例如〈手推車〉、〈我們的村落〉)。至於第三層次，筆者認為改編者需要優秀的閱讀和寫作能力，更重要的是具備思考深度，才能達到。

整體而言，這個架構涉及創意，也講求情感，因為它關乎轉變為新的創作，亦需投入角色的情緒感受。然而，判別思考至為重要；改編者如何以自己的體會，回應原著表達的思想感情，並歸結成高層次的哲理概念，諸如人是什麼、何謂生死、怎樣表達愛與關懷、人可以改變自身命運與否、人應該如何生活等，這些都是人不斷尋問的真理與生命意義。本書各章的劇場後都有深入討論，並在全書最後的「結語」一章列舉探究問題示例。

---

3 周處的故事出於《晉書卷58．列傳28》、《世說新語卷36．第15自新》。

五、詩文小說轉化為劇本

選擇作品

本書揀選八篇作品作展示，作品的體裁不同，亦涉及不同文化地域，當中包括：兩篇古典詩、兩篇現代詩、兩篇散文、兩篇小説。這些作品的共通點是具備深刻的內涵，能引發讀者對人性、社會、命運的思考。

敍事（Narrative）性質的文體具備故事、人物、情節結構等元素，較適合改編為戲劇。其他文體也可改編為戲劇，只是所花的心思較多。筆者曾經把抒情成分較重的散文〈背影〉、詩歌〈再別康橋〉和〈靜夜〉轉化為劇本（何洵怡，頁81、92、107），事前要做大量研究工作，以了解作者其人其事。此外，本書因應文學教室的課堂運作，將以學生最容易上手的朗讀劇場（readers' theatre）改編為目標。劇本中有敍事者（narrator），如果老師不想以朗讀劇場來表達，只要刪除敍事者這個角色，自行加插想要説明的背景或舞台指示便可。

不同文體

詩歌是作者主觀發出的聲音，以精煉、富音樂的形式含蓄表達出來。這類改編劇本可循兩個方向處理：1. 把聲音融入劇本故事中，如本書的〈木蘭詩〉、〈鹽〉；2. 保留原來詩句，再由「詩人」或「歌隊」表達這些聲音，如本書的〈兵車行〉、〈手推車〉。由詩歌改編為劇本，篇幅必然增加，故事創作成分必然較多。為了令劇本真實可信，且呈現原詩風貌，編劇除深入理解詩意，還要參考大量時代背景和作者資料，以補充故事細節。另一種改編方法是合併同一作者的幾首短詩，組成主題劇場，如「田園樂趣」、「思念的執着」，亦豐富動人。本書第二章〈兵車行〉的延伸活動，讀者可結合陳陶〈隴西行〉、白居易〈新豐折臂翁〉一起閱讀，寫成另一個以「反戰」為主題的劇場。

散文的文體介乎詩歌和小說之間。散文作者也像詩人般表達主觀聲音，所以改編時要把聲音轉化為客觀角色，與他人互動。然而，散文不像詩歌般精煉，它的鋪陳較多。長篇散文如冰心〈南歸〉，篇幅甚至比短篇小說更長。記敘成分較重的散文，改編方法和小說大同小異；偏重抒情、說明、描寫的文類，編劇就得增加角色，促使對白互動，如第六章的〈海星〉，不單增加了具體的角色「媽媽」、「哥哥」，還把「星星」和「貝殼」擬人化。如此，他們才可與主角對答，並開展戲劇行動。

小說改編是較多學者研究的課題，因為過往已有不少小說被改篇成舞台劇或電影，如張愛玲和魯迅的小說。小說本身具備劇本元素，尤其是人物對白和行動。若小說篇幅太短，編劇就要加強故事的關鍵細節；篇幅太長則要刪減枝節，以突出主線。刪減不一定要強行裁走配角或支線，反而可以發揮創意，把「刪走小說的內容」融入劇本的主線裏（Coger & White，頁 88）。以第七章《快樂王子》為例，原著中首尾出現很多倫敦市的各色人等，如虛偽的議員和市長、自以為睿智的母親和數學老師、憂鬱的行人、虛浮的美學家等。筆者捕捉這些面貌後，轉化為市民甲、乙的對白，也能達到諷刺的效果。

劇本特點

文學作品是寫給讀者逐頁翻閱，但劇作不同，除讀者外，更重要是寫給觀眾觀賞，那是現場、一次的演出。觀眾雖然可以購票觀看第二次，但那又是不同的經驗了。姚一葦指出劇本要注意四個限制：1. 時間：戲劇一般演出兩至三小時；2. 空間：舞台呈現的空間有限，「所以需要將空間集中，就是讓一些事情自然、合理地在這個空間裏發生」（頁18）；3. 表現媒介：主要是演員，「所以不能夠像敍述的故事那樣隨意插入作者的觀感、發表議論，或是加強描寫」（頁19），只能讓演員直接表達出來；4. 情緒效果：受演出時間所限，所以「戲劇的故事必須一開始就引起觀眾的興趣，並且要維持這個興趣到戲劇的終結」（頁 19），即是要佈置戲劇衝突（dramatic conflict）。筆者在這裏所説的是傳統話劇的表達方式，現代或後現代的話劇手法變化萬千，編劇或導演甚至可以走上舞台，化身「角色」之一。加上高科技的多媒體演出，突破了不少時空的限制。

上述提及的「限制」，換個角度看亦可以發揮舞台劇的特色。由於演出要集中，因此劇本結構要有緊密的「起承轉合」，即以開端、發展、高潮、結局這個方向發展，以呈現衝突的主線。劇本以「幕」(act) 劃分，每幕可再細分為「場」(scene)，讓觀眾掌握每場戲的重點。每場戲是結構裏最小的單元，也是整體的有機部分（王伯男，頁 96）。每個場面要集中、有目的、能緊扣主線，例如〈木蘭詩〉第二幕「從軍」就有三場戲，環環相扣：父母送別女兒、木蘭暮宿黃河、艱苦的戎馬生涯。場面就像一個段落，結束後自然過渡至下一個段落。

如果「起承轉合」指劇本一定要分為開端、發展、高潮、結局四幕，那又未免過於機械化了。本書把《玩具屋》分為六幕，轉捩點在第五幕，即貝嘉突破成人的界限，邀請高家姊妹看其玩具屋那部分；《快樂王子》分為四幕，高潮在第四幕小燕子的死亡。不少戲劇的高潮都發生在尾幕——衝突大爆發，角色的命運已定，戲劇亦隨之告終。總之，幕和場數沒有既定的規定，關鍵在於編劇能否賦予每場戲完整的目的和意義。另外要注意的是，文學教室演出的時間只有15至20分鐘，比正式演出的戲劇短得多。文學教室的演出受課時所限，還要顧及年幼學生集中力較低的情況，故此情節十分濃縮，所有場景都往大方向發展。

戲劇衝突的設計能夠把情節推向主題，亦能緊抓觀眾的情緒。人世間有不同的力量對決，產生重重危機。大抵而言，衝突可分為五方面：1. 人與自己，如木蘭考慮是否代父從軍、小燕子掙扎自己的去留、貝嘉決定是否邀請高氏姊妹；2. 人與人，例如主角與對手角力、兩人不和。像貝嘉不同意母親的想法、貧困的村民與索租的縣官發生衝突；3. 人與社會，即人抵抗集體力量，例如高氏姐妹受身邊同學和鄰居的排斥、醫生要改變官僚冷漠的態度，以及居民的不衛生習慣；4. 人與自然，例如孩子不惜長途跋涉要摘星、木蘭要抵禦各種風霜雨雪；5. 人與命運，顧全一家與二嬤嬤好像此生此世都擺脱不了貧窮和各種天災人禍的惡運。從以上例子來看，這五方面也是大概的劃分，一部作品可以同時揉合幾方面的衝突（Holman，頁106）。正如人與命運的衝突，在某種意義來説，也是人與社會的衝突。顧全和二嬤嬤的時代苦難不也是人為的嗎？總括而言，掌握戲劇衝突有助讀者／編劇判別尖鋭問題的所在，並探索生命處境。

六、劇本轉化為舞台演出

這節的「轉化」和上幾節不同，上面說的是改編的問題，這裏談的則是演繹的問題，即演員要深入體會作品，然後透過聲音、肢體表達出來。

從校園戲劇角度來看，這裏主要分為兩部分，就是最基本的課堂演出和課室以外的舞台表演。

課室內

1. 舞台

課室面積小，設備也只有桌椅、黑板、投影機，但已經具簡單的舞台概念，例如常見的有鏡框舞台（proscenium stage）、半島式舞台（thrust stage）、圓形舞台（arena stage）。第一種舞台在課室中最常見，演員就在黑板前的空地演出。第二種筆者較常採用，就是騰空課室中央的空間，三面有觀眾，但演員前面的位置有較多觀眾。第三種舞台在中央，四面都有觀眾，對演員的挑戰最大。當然還有不同形式的開放式舞台，如不明顯劃分演員與觀眾區。

總之，演員可好好利用空間，以直線單排／雙排站立，也可用半圓或三角陣式面對觀眾，以突出主要角色，或製造某種平衡／衝突效果（Ratliff，頁 68–69）。其實這舞台空間的調度，也是繪畫的構圖元素，例如本書第二章〈兵車行〉，皇帝站在中央，與其他人保持一定距離，以顯示他的無上權威，同時也是某種嘲諷。這個權威下達的命令，往往就是戰爭的萬人塚。第三章〈手推車〉開場時有個「定格」的構圖，主角顧全站在旁邊，以一人之力拉起手推車，上有三個人和包袱，可見手推車如何沉重。這構圖正要表達逃荒者的堅忍和苦難。

2. 演員

這是最重要的環節。除非是獨腳戲，否則演員要和整個團隊（導演、其他演員）搭配，而非突出自己。劇本可以透過廣播劇（radio play）、朗讀劇場、正式舞台表演表達出來。

本書的焦點在朗讀劇場，因此特別重視演員的聲音訓練，尤其是聲量、咬字、抑揚、節奏。朗讀劇場的好處是同學不用背誦台詞，也不用走位（blocking），減少心理壓力，集中體會和演繹劇本（何洵怡，頁 52）。不過，演員也要以豐富的表情和感情配合，而非只是低頭念字句。此外，朗讀劇場可以利用人聲表達音響效果，譬如當站在後排的演員背向觀眾時，可因應劇情需要發出關鍵聲音，如低吟、歌聲、關門聲、重擊聲、鑼鼓聲；演員也可一同發聲，做成某種集體力量或「聲音拼貼」（vocal collage）的效果。此外，也有「畫外音」（off-screen）的處理方式，如本書第一章〈木蘭詩〉的劇場，主角與內心對話。[4] 這些多姿多彩的聲音表達既增加學習創意和趣味，也引發觀眾的強烈聯想。

一般舞台演出，不論是獨腳戲或群戲，同學都需要關注較多的事情。雖然我們不能要求同學像專業演員般接受嚴格的訓練，但筆者同意史坦尼斯拉夫斯基（Konstantin

---

4 有關「畫外音」的做法是，發聲者不在舞台，但與台上演員處於同一環境。那聲音可以是某個角色，與台上演員對答，也可以是演員內心另一聲音的投射，即與自己對話，展現內心衝突。

Stanislavski, 1863–1938）的理念，「演員在每次演出和每次重演時都要去感受、體驗角色的情感」（林克歡，頁 viii），即投入角色的內在感情。有什麼具體的方法投入角色？一般演員喜歡用何人、何事、何時、何地、為何、如何這「六何」的問題幫助自己理解角色，進入戲劇世界。香港話劇團的資深演員辛偉強指出，他每次拿到劇本後，都會研究以下問題，以建構角色的輪廓（頁 102）：

- 他是個怎樣的人，怎樣過生活？
- 他在戲中處於人生的什麼階段？
- 他在戲中發生什麼事情？
- 他在什麼地方發生這些事情？
- 他在戲中何時發生這些事情？
- 他怎樣看待這些事情，過程中有什麼矛盾？
- 他有什麼感受，為什麼會有這種感受？
- 他在戲中想做什麼？

筆者認為這八個問題在每一幕，或每個細微的場景，都值得參考。透過這些問題好好分析劇本，拉近自己和角色的距離。演出手法方面，除了逼真寫實的演出外，演員也可嘗試較形式（stylized）、刻意的方法，尤其在演出喜劇內容的時候。至於布萊希特（Bertolt Brecht, 1898–1956）的疏離效果（alienation effect）劇場，又是別的創新嘗試了。

其實，劇場遊戲（theatre games）和暖身活動可以提高演員的能力，就是專注、想像、觀察、眼神、面部表情、聲音、形體、合作默契等各方面的表達。筆者曾用劇場遊戲「眨眼殺人」（wink murder）作為《馬克白》（*Macbeth*）戲劇教學的暖身活動，引起學習動機。同學既要專注留意誰是凶手，也要表現死亡動作，整個過程充分感受到肅殺的氣氛和人性醜惡，效果顯著。

最後是演員的修養。同學要多閱讀，對人性、生命、時代更為了解，如此角色演來才有深度。學生不是遠征的士卒、貧窮婦人或醫生，但他們可以透過街道、診所、商店等現實環境，或影視舞台，仔細留意各類人物的言行，甚至想像、模仿別人的舉止及情感反應。只要在日常生活多加觀察，不斷儲備，加上練習，就能演得較形神俱備、得心應手了。

課室外

課室外的演出地點，可以是比一般課室大的特別活動室、學校禮堂、體育館，甚至學校操場。校內周年表演或學生公開演出需要較齊全的燈光、音響、服裝等配套；這方面的表演對人力物力需求較大，並非本書的焦點。但以下部分美學元素可以滲透於課室內的表演活動，例如黑板上佈置簡單掛圖或飾物、演員披上某種顏色寓意的圍巾、關掉觀眾席的燈光、播放開場與結尾音樂等做法均能豐富演出效果。

戲劇是綜合藝術，倚靠各方配搭，符合劇情需要。若只靠華麗的佈景服飾或悅人耳目的燈光音樂，內容卻缺乏深度，這部戲劇仍算不上成功，甚至令觀眾耳目產生疲勞。

1. 佈景、道具

舞台可利用布幕或各板塊裝置，製造不同層次的空間區域。傳統話劇偏向寫實，佈景與道具力求逼真，還原劇作的

時代面貌，或利用繪畫的透視法令觀眾感到演出環境立體可信。然而，戲劇作為創意藝術，毋須過於拘泥。通過聯想、突出，或局部呈現背景事物，加上燈光變化，同樣能夠製造豐富的空間效果。

因此，如果一般校園戲劇經費不充裕，可結合寫實與寫意，或採用抽象主義，即象徵、簡約的舞台設計以表達主題。道具亦然，如第一章〈木蘭詩〉的劇場結尾不必出現真兔子，光是演員虛擬動作，配合台詞，已是有趣生動的一幕。又例如第八章《玩具屋》的佈景，主要呈現「門」和「線」的隔閡觀念多於豪華的貝家住宅。

2. 服裝

服飾、髮型、化妝在原理上與佈景相似，既可寫實，也可抽象表達，但必須了解角色的性格和身分。以將軍角色為例，一件披風，配合淩厲眼神和有力步伐，已可演活其威武的形象。

演員的氣質、神貌各有不同，服裝可以取長補短，協助演員顯示角色的特點。林宜毓指出可以從四方面處理服飾：線條（line）的表現、形狀（shape）的表達、顏色（colour）與感覺、物料（texture）與觸感（頁 53–56）。第八章《玩具屋》可藉衣服表達貧富差距。首先，女孩的服飾線條理應較細膩。其次，貝家孩子的衣服貼身柔軟；高家孩子的衣服闊大，顏色搭配又刺眼，毫無品味可言。

3. 燈光

舞台燈光的目的是利用光與影把演員、觀眾、空間連在一起，提升舞台環境，令「舞台有層次，演員有立體感，服裝能顯出特色」（林宜毓，頁 75）。燈光就是能見程度（visibility），帶領觀眾看到什麼、看得清楚（尤其是演員臉部）、看得動人，並掩飾不想讓他們看到的東西。

燈光必須配合劇本所定的環境、季節、天氣，並營造特殊氣氛。燈光投射的角度、位置、明亮程度會產生不同效果，例如日月星光、浮雲掩映、行雷閃電、置身戰場，甚至水底。一般而言，光線由上而下，就是自然光線。光線由下而上，則屬於不自然，若再加上冷色的藍綠光，更會產生陰森恐怖之感。又以演員獨白為例，光線都停留在由上而下的光圈內，四周漆黑一片，讓觀眾集中於演員的內在思緒表白和動作。

其實燈光、佈景、服飾有共同的色彩美學元素，三者互相搭配，才能構成配合劇作的畫面。簡立人指出，燈光師要對光影具有細膩的感受，發展視覺藝術的品味（頁 129）。筆者相信所有劇場工作者也應如是。

4. 音響

今天的舞台演出，燈光和音響都是極專門的高科技環節。音響配合畫面，烘托氣氛並營造相關的效果。音色清楚、音量大小變化固然是基本要求，但什麼時候發放音效／音樂，甚至是否需要有聲音，也是關鍵所在。例如《馬克白》第二幕第二場的叩門聲就很經典：在萬籟無聲的靜夜，突然傳來叩門聲。這叩門聲把主角的驚恐心理，還有外界敲碎罪惡世界的象徵意義集於一身。

音樂講求旋律、節奏、和聲，與情節緊密結合。在傳統中國戲曲或西洋歌劇（opera）、音樂劇（musical）裏，音樂是戲劇的靈魂，既考究歌曲、樂器，更對演員的唱功有要求。雖然一般話劇的要求比較寬鬆，但音樂的功能同樣在於抒發角色的感受、呈現戲劇節奏、渲染氣氛、突出戲劇風格、連繫每幕等。例如一段過場音樂，可以延續上場的意緒，或代表歲月的流逝；高潮或結尾的旋律帶出戲劇主題；擊鼓聲傳達肅殺的氣氛，以及人物緊張不安的情緒；幽怨緩慢的樂曲呼應角色悲哀的心境。筆者建議第三章〈手推車〉延伸活動的劇場以冼星海《黃河怨》的音樂，表達征夫和難民的眼淚。第四章〈鹽〉裏，天使哼唱輕快曲調，表示其自我感覺良好，體會不到二嬤嬤的痛苦，非常諷刺。第五章〈海星〉中，劇場奏出「Twinkle, Twinkle, Little Star」音樂，營造童話純真和奇幻的氣氛。誠然，音樂能直達人心，牽動觀眾強烈的情緒。

5. 舞台意象

意象（Imagery）是所有藝術的關鍵元素，把思想、感情濃縮在具體的物象中，引發觀眾聯想和表達主題內涵。余光中認為意象是「內在之意訴之於外在之象，讀者再根據這外在之象試圖還原作者當初的內在之意」（頁 9）。當然，除了「還原」，即試圖了解作者的心意外，讀者也可因自身的生命經歷而有不同的解讀，這就是文學與人生多姿多彩之處。

戲劇乃視聽的呈現，故此意象可以透過演員對白、肢體表達、佈景道具、服飾、燈光、音響不斷重複和交織出現，以整合情節和傳達信息。就以第七章《快樂王子》的改編為例，筆者刻意安排「意象」為每幕的中心物件（central objects）：眼淚、寶石、金片、鉛心。中心物件隱含王子的悲憫情懷，以及逐步犧牲自己更多（同時燕子亦如此），最後只剩下為世人唾棄的東西——鉛心，但這也是天國最珍貴的東西。這些互為關聯的意象交織成故事主題。意象令觀眾在每幕都有關注焦點，擴闊其想像與同理心。演出時，意象可以是實物，也可透過光線或肢體表達無形、寫意的東西，視乎導演的設計而定。

筆者認為意象不論在戲劇原創、改編、以至舞台演出，都值得深思和發揮。意象家族中，隱喻（metaphor）最常見；由「喻體」（vehicle）到「本體」（tenor），中間需要很多聯想力。因此老師可以在劇場後的活動，做鋪橋搭路的工作，幫助學生透過「系統對應」（systematic correspondences）的方式，逐點由具體走向對應的概念，以及整合眾多隱喻，使之走向作品的主題（Kövecses，頁 7–9）。例如《快樂王子》的寶石是「喻體」，其特質是閃耀與貴重，讀者就會對應思考人性光輝與龐大的付出這兩點，歸納出「本體」蘊含「犧牲的愛」這個內涵。這樣，學生既可明白舊有觀念，同時也建立新的觀念看世界：寶石不再象徵以金錢為衡量事物的標準，而是象徵付出與犧牲。由閱讀到改編，再到寫作回應，在整個過程，這個隱喻的意義不斷加深。

七、劇場後的延伸活動

劇場後的活動有助鞏固和深化學習內容。首先以簡短問答，查看觀眾有否留心觀賞，並提示一些關乎作品基本事實的細節（factual details）。之後就是學生分組討論的環節。本書收錄的每條題目所附的回應只是建議，並非標準答案，同學可以從不同角度思考，言之成理即可。

多元活動

每一章的教學活動都是針對個別作品的內涵和藝術設計，部分活動可以互相參考。以下是筆者建議的活動：

1. 戲劇類

除朗讀劇場外，老師還可嘗試不同形式的戲劇，例如：

- 定格（still-image）
- 角色提問（hot-seating）
- 獨白（monologue）
- 形體劇場（physical theatre）
- 論壇劇場（forum theatre）
- 形象劇場（image theatre）
- 超現實劇場（surrealist theatre）

2. 非戲劇類

- 協作學習
- 詩歌朗誦
- 繪畫
- 辯論
- 短寫

老師引導同學欣賞劇場之美，例如「劇本的哪一幕打動你」、「有什麼印象深刻的警句（punch line）」、「演員哪方面表現出色」等。此外，各類戲劇和非戲劇活動都能加深讀者對文學作品的體會。這些活動集教、學、評於一身。老師在過程中不斷給予回饋（feedback）和作「進展評估」（formative assessment），學生因而掌握自己的進度。如此，老師和學生就能同樣反思、改善自己的所教或所學。

閱讀與寫作

這環節所花的時間較長，且需要學生更多沉澱思考，接近「總結評估」（summative assessment）階段。根據Rosenblatt的文學交流理論，讀者可以在文本中提取各樣實用、美學的元素，而且每次閱讀後，看法越深入；學生可以用不同的方式回應（Karolides，頁9）。這是學習者發揮第一節所說批判、創意、關懷思考的機會。

學生經過閱讀、小組改編和演出，再與觀眾、同學互相討論，其後他對作品的見解必然更豐富，也更能孕育自己獨特的看法。如果他能夠把看法寫下，將能非常有效整理和凝聚結果。寫作可以包括「未寄出的信」、文學日誌、讀後感、論文分析、劇評、影評、新的改編。他甚至可以把看法與生活結合，化為生命關懷的行動，如投書報刊，論述社區和世界議題。

本書不單鼓勵讀寫結合，也希望學生多閱讀相關作品以作比較，從而看到作品相互影響，或從其中的異同理出作品偏重哪些主題。第八章《玩具屋》談欺凌，與王文興的〈玩具手槍〉同中有異，後者更尖銳，欺凌不單涉及語言，還牽涉體能、性別、暴力，探討非主流者在社會遭受的排斥和人性冷酷。各人可持不同看法，例如有人認為社交障礙者本身也應負上部分責任。這也是Rosenblatt的文學教育理念，師生都不應囿於一己之見，而是多角度、深入文本尋找證據來支持論點（Karolides，頁 23）。每個人都可以修正自己的看法，也可從別人之見汲取養分，豐富自己的體會。

本書推介的延伸閱讀書目，類別繁多，既有同一作者的其他作品，例如第三章〈手推車〉，可涉獵艾青同時期的北方詩組；也可比較本書採用的不同作品，如探討〈海星〉、〈我們的村落〉、《快樂王子》有否相通的摘星者。本書也運用繪本，尤其是關乎全球關注議題的內容，如我們希望藉〈手推車〉多了解流離失所的難民，因此列舉出一系列相關題材的繪本，如《小難民塔利亞》、《旅程》、《四隻腳，兩隻鞋》，讓學生擴闊閱讀視野，多明瞭不同地方的苦況。此外，本書也推薦翻譯文學作品，如第一章探討女性力量的《我是馬拉拉》、第六章〈我們的村落〉提及的卡夫卡《蛻變》等作品。最後，本書也引介相關電影，如第八章探討欺凌問題，就推介電影《奇蹟男孩》、《少年的你》，讓學習更加多元豐富。最後，以寫作沉澱閱讀的所思所感，表達閱讀者深刻的體會。

八、生命關懷

Lipman 指出學校不能只是出產知識運作的工廠，而漠視體諒、尊重、欣賞這些價值（導論第一節）。今天我們要重新尋找感受、價值、意義等觀念，因為它們才是教育的重點（頁 202）。這番話擲地有聲，但在功利社會往往被忽視。本書希望透過戲劇的代入與情感經歷，讓學生反思生命的價值。

人文精神

人文學科重視人的價值。文學屬於人文學科，旨在通過美的形式，探索人性與生命。哲學家努斯鮑姆（Nussbaum）更把文學與社會正義相連，指出文學不像歷史般只記錄事件，更呈現人的生命及其可能發生的遭遇。讀者透過文學想像（literary imagination），看到他人的處境而引發同情與憐憫。因為這樣的情理連繫，我們關注社會、洞察正義，並由此衍生道德與公共理性（頁 3、5、8）。其實文學一向對這方面抱持關懷，例如寫實作品揭示不幸者悲慘的境況，令讀者內心產生巨大衝擊。Nussbaum 看到文學的內涵，強調讀者有能力去了解和行動，並建構情理兼備的正義社會。

文學是一個媒介，激發我們的想像與同理心，而文學轉化為戲劇更加強了這方面的力量。陳玉蘭指出，「戲劇讓人代入角色去經驗他人的處境和心情，用自己的身體和情感去理解別人。此外，透過不同的角色和情境，戲劇讓人以多元視點透視世界，形成多角度視野」（頁 18）。筆者極為同意這兩點。正如本章第二節所述，戲劇本身有扮演、行動、互動、觀賞的特色，令同學更投入其中。接着，劇場後的延伸活動和討論又是另一重點。

我們在本書的每一章都看到憂傷，就是許多戰亂、貧困、病患、流離失所、弱者受屈的情景；我們同樣看到對不幸者的悲憫、崇高的友情、對親情的感念、捨己犧牲、衝破自身局限而追求真善美等高尚的情懷。這些價值決非硬生生的教條或道德教化，而是我們透過豐富的文學處境中經歷、發現、提升的生命體會，也是人人珍視的價值——平等、友愛、關懷、自由、公義這些美好的東西。

戲劇應用於德育

老師是輔助、引導的促進者（facilitator），為學生參與和對話製造機會，而非把道德教條強加於他們身上。戲劇教育學者 Winston 建議老師可提出作品角色的兩難處（dilemma）；學生也許會疑惑，但他們就是要學會面對、判斷這樣的道德與價值處境（頁 3、5）。進退兩難的處境通常都不易選擇，角色要為自己最後的決定負責。

本書有許多延伸活動的討論環節，如「〈海星〉的孩子或《快樂王子》的燕子犧牲值得嗎？」、「〈我們的村落〉的孫文和魯迅放棄醫藥救人此路是否明智？」。學生也許在討論中取得某些共識，也許最後誰也説服不了誰。這些都不重要，最重要的是在彼此爭鳴、探索的過程中引發情理的道德思考，對生命的體會更深刻，然後再付諸實踐。

九、相關課程概說

以下簡介三個課程，關乎本書提及的文學轉化為戲劇的理念和實踐。第一個課程主要集中在戲劇方面；第二、三個課程兼及文學與戲劇。

基本戲劇元素

這課程初步介紹戲劇元素，這些元素既有助教與學，亦是編劇與演出的評核重點。筆者整理 Haseman & O'Toole 的看法，並以第八章《玩具屋》的改編為參考。以下是戲劇課程圖表：

戲劇元素	說明	例子
1. 背景（the human context）	注重處境、角色及其關係。	貝家長輩、兩個女兒及其同學組成一個圈子，看不起高家小孩的那個圈子。
2. 戲劇張力（dramatic tension）	潛在或具體的戲劇衝突。	上述兩個圈子有衝突，但貝家圈子內的三女兒貝嘉和她的長輩同樣有潛在的衝突。
3. 焦點（focus）	戲劇集中在題材的某點；可以透過問題帶出焦點。	本劇焦點在玩具屋內的小油燈。除了貝嘉和高小愛看見小油燈外，你看見什麼？其他人看見什麼？
4. 地點與空間（place and space）	每場戲發生的地點會影響事件和戲劇張力。	最後一幕不是發生在校園或貝家，而是廣闊無邊的戶外，反映高家孩子平靜自由的心境。
5. 時間（time）	安排事件的次序（因果關係）；也要考慮舞台限制，時空轉變不宜太多。	校園欺凌不只發生一次，第三幕是第一次，然後第四幕變本加厲。劇本安排兩次欺凌已足夠説明一切。
6. 語言（language）	對白要切合人物的身分和行動。從教學角度而言，若劇場語言為粵語，筆者建議演員用書面語朗讀，以表達文學語言之美。	貝家聲音主宰全劇；高家聲音抑壓、微不足道。
7. 行動（movement）	透過聲音、表情、肢體動作，讓觀眾如見其人，如聞其聲。	在第四幕嚴重的校園欺凌後，那些孩子不單沒有慚愧，反而亢奮地玩跳大繩。這個行為令觀眾驚愕。
8. 情緒（mood）	傳達人物的感情，營造演出氣氛。	第五幕是高潮，貝嘉站在自家院子的鐵閘旁，等候高家姊妹經過。她曾疑遲：「要上前嗎？」

（下頁續）

戲劇元素	說明	例子
9. 象徵（symbols）	舞台上的意象具體、濃縮地表達意義，引發觀眾聯想。	劇中的玩具屋和小油燈意義豐富，對照華麗與謙遜。
10. 戲劇意義（dramatic meaning）	上述九個元素建構整部戲劇的意義，傳達重要的信息；這是作品的主題所在。	《玩具屋》傳遞希望與美善的力量。

香港高中選修單元：
「文學創作——戲劇原創或改編」

這個單元設計示例，除了欣賞文學作品，例如魯迅《祝福》、沈從文《邊城》、張愛玲《金鎖記》、林海音《城南舊事》外，也討論其舞台劇或電影的改編劇本，並指出戲劇文學的特色。

評估方面，學生在過程中建立「學習歷程檔案」(portfolio)，在課堂分組討論作品，也把小說片段改編為劇本。最後的總結評估，學生可選擇改寫作品為劇本或自行創作劇本。

這個單元的重點是文學創作，因此沒有強調改編和原著的關係。換言之，改編版本不一定呼應原文意思，學生大可自行發揮。這點有別本書的重點。不過整體而言，這個單元讓學生接觸到不同媒介的改編，能夠提高學生戲劇創作的興趣和能力。

國際文憑課程（International Baccalaureate）：「文學與表演」科目

這個科目需要學生閱讀詩歌、小說、散文、戲劇，並把作品轉化為舞台演出，故此學生要同時熟知文學和表演元素，要求頗高。

評核方面，這課程有校外考試，包括詩歌比較分析、小說片段轉化為舞台演出；這課程也有校內評核，包括小組演出，以及個人對此演出的口頭評述。

這課程重視藝術素養，首先是對文學有深刻的認識，論文要求學生先分析文學作品片段，然後才描述如何把作品轉化為舞台表演，故此不可隨便改寫。學生在修讀過程中，需要掌握演員的基本訓練和舞台知識，所花時間不少。他們還要寫個人學習日記（personal journal），記錄自己對作品的回應和表演的構思。

上述相關課程都是很好的借鑒，尤其是在了解戲劇要求和引進評核方法方面。即使我們未必有機會參與這些課程，也可在一般文學教室運用部分意念，例如節錄一段作品場景，把它轉化為戲劇片段，一方面不用投入太多人力物力和時間，另一方面也讓學生更深入了解文本。

十、總結

文學教室加入不同人的生命經歷，所以非常有趣好玩。這次的課帶來一盞 Mansfield 和 Lipman 都擁有的小油燈，並邀請「戲劇」為夥伴。小油燈美善的光芒好像本教室的理

念，透過文學作品的教與學，培養學生判別（求真）、創意（求美）、關懷（求善）的整全思考。

文學和戲劇同屬藝術範疇的一員，是很合拍的夥伴。本書鼓勵學生嘗試把文學作品，尤其是詩、文、小說，轉化為劇本，再化作戲劇表演。這兩次轉化殊不容易，由於涉及文字和媒介形式的大改變，當中必定離不開種種創意思考。然而，更重要的是，不論個人、小組，還是全班同學，大家都深入了解文學篇章的內涵和藝術，從不同角度分析思考，互相激發火花。老師是其中一員，促進討論，卻非絕對權威的詮釋者。學生無論在閱讀、改編和演出上，都要對人的生命有所共鳴和關懷，才能真正掌握角色的情感和作品表達的心意。

文學轉化為戲劇，過程中會碰到不少概念和技術的問題。筆者嘗試從教育角度提出一些建議。例如本書以三個層次談及改編忠於原著的問題，而不重點解說「寬鬆改編」；戲劇形式方面，本書從較簡易的朗讀劇場入手，讓學生先掌握基本功夫，再循序漸進發掘其他戲劇表演領域。此外，本書亦提及舞台與觀眾意識，好讓改編者能發揮這方面的特點。最後，文學教室主要在課室內演出，但本書亦略為提及正式舞台表演的元素，如佈景、燈光、音樂、服裝，其美學能為課堂演出帶來寶貴的啟發。

文學屬人文學科，每次探索都離不開道德思考與價值判斷，每個人既不斷自我反思，與別人的生命也是休戚與共。本書有八個故事，由閱讀、改編、演出，到劇場後的討論，師生累積豐富的體會和思考，不單看見篇章人物和事件，也看到抹不去的憂傷、大聲疾呼的憤怒，同時又看見對美善的追求，以及在黑夜燃點起的亮光，最後驚覺自己也是提燈者。

參考書目

王伯男。《從文學到舞台與鏡像的路徑：戲劇與影視敍事技巧的本體概述》。北京：中國戲劇出版社，2012。

王俊斌。〈理性反思、詩性想像與倫理教育——論 Peter Winch 與 Martha Nussbaum 哲學思考的文學跨界〉。《興大人文學報》52 (2014) : 291–315。

白先勇。《遊園驚夢二十年》。香港：迪志文化出版社，2001。

余光中。〈論意象〉。載於《掌上雨》。台北：文星書店，1964。頁 9–14。

何洵怡。〈文學與朗讀劇場〉。載於《課室的人生舞台：以戲劇教文學》。香港：香港大學出版社，2011。頁 51–92。

李歐梵。《文學改編電影》。香港：三聯書店，2010。

辛偉強。〈從小人物到大英雄〉。載於《戲道：香港話劇團談表演》。香港：商務印書館，2013。頁 100–126。

房玄齡等。《晉書》。北京：中華書局，1974。

余嘉錫。《世説新語箋疏》。北京：中華書局，2015。

林克歡。《戲劇表現論》。台北：書林出版有限公司，2005。

林宜毓。《會動的三度空間：舞台視覺美學》。台北：國立臺灣藝術教育館，1990。

姚一葦。《戲劇原理》。台北：書林出版有限公司，1997。

香港教育局。〈文學創作——原創或改編：戲劇〉。載於《新高中中國文學學習單元設計示例》。香港：香港教育局，2012。

張曉風。《武陵人》。載於《曉風戲劇集》。台北：九歌出版社，2007。頁 85–131。

張曉風。《第三害》。載於《曉風戲劇集》。台北：九歌出版社，2007。頁 239–297。

陳玉蘭。《戲中探貧窮：以戲劇手法進行世界公民教育》。香港：樂施會，2012。

陳佩筠。〈把故事再說一次：翻譯與改編〉。《編譯論叢》8.2 (2005)：31–56。

曹禺。《家》。載於《曹禺戲劇全集》卷 3。北京：人民文學出版社，2014。頁 197–403。

黃美序。《戲劇欣賞：讀戲、看戲、談戲》。台北：三民書局，2011。

簡立中。〈現代戲劇的光影語彙——燈光營造戲劇美學的設計思考〉。《戲劇期刊》2 (2005)：117–130。

Babbage, Frances. *Adaptation in Contemporary Theatre: Performing Literature*. London & New York: Bloomsbury, 2018.

Coger, Leslie Irene, and Melvin R. White. *Readers Theatre Handbook: A Dramatic Approach to Literature*. Glenview: Scott Foresman and Company, 1982.

Giannetti, Louis. *Understanding Movies*. Hoboken : Prentice Hall, 1990.

Harmon, William. *A Handbook to Literature*. Boston: Longman, 2012.

Haseman, Brad and John O'Toole. *Dramawise: An Introduction to the Elements of Drama*. Victoria: Heinemann Educational Australia, 1988.

Hutcheon, Linda. *A Theory of Adaptation*. London & New York: Routledge, 2013.

International Baccalaureate. *Literature and Performance Guide*. Cardiff: International Baccalaureate, 2013.

Karolides, Nicholas J., ed. *Reader Response in Secondary and College*. New Jersey: Lawrence Erlbaum Associates, 2000.

Kövecses, Zoltán. *Metaphor: A Practical Introduction*. New York: Oxford UP, 2010.

Lipman, Matthew. *Thinking in Education*. Cambridge: Cambridge UP, 2003.

McFarlane, Brian. *Novel to Film: An Introduction to the Theory of Adaptation*. Oxford: Clarendon Press, 1996.

Nussbaum, Martha C. *Poetic Justice: The Literary Imagination and Public Life*. Boston: Beacon Press, 1995.

Ratliff, Gerald Lee. *Introduction to Readers Theatre: A Guide to Classroom Performance*. Colorado: Meriwether, 1999.

Rosenblatt, Louise. *The Reader, the Text, the Poem: The Transactional Theory of the Literary Work*. Carbondale: Southern Illinois UP, 1978.

Stam, Robert. *Literature through Film: Realism, Magic, and the Art of Adaptation*. Oxford: Blackwell, 2005.

Wagner, Geoffrey. *The Novel and the Camera*. Rutherford: Fairleigh Dickinson UP, 1975.

Winston, Joe. *Drama, Narrative and Moral Education: Exploring Traditional Tales in the Primary Years*. London: Flamer Press, 1998.

附 錄

Sonnet 18

William Shakespeare

Shall I compare thee to a summer's day?
Thou art more lovely and more temperate:
Rough winds do shake the darling buds of May,
And summer's lease hath all too short a date;
Sometime too hot the eye of heaven shines,
And often is his gold complexion dimmed;
And every fair from fair sometimes declines,
By chance, or nature's changing course untrimmed;
But thy eternal summer shall not fade,
Nor lose possession of that fair thou ow'st;
Nor shall death brag thou wander'st in his shade,
When in eternal lines to time thou grow'st:
    So long as men can breathe, or eyes can see,
    So long lives this, and this gives life to thee.

二◎作品

第一章 〈木蘭詩〉

佚名

魏晉南北朝文學除了文人詩作，還有在民間傳誦、配合音樂歌唱的樂府詩。〈木蘭詩〉是北朝的敘事民歌，收錄在宋人郭茂倩編《樂府詩集》「梁鼓角橫吹曲」項（頁373）；這類軍樂屬殺伐之音，因此〈木蘭詩〉理應和戰爭有關，但奇怪的是，它不像一般北歌如《企喻歌》、《琅琊王歌》那樣讚美雄健驍勇的男兒，反而着墨於一個農家紡織女的傳奇故事。

一、原著特點

〈木蘭詩〉

唧唧復唧唧，木蘭當戶織。不聞機杼聲，惟聞女嘆息。問女何所思？問女何所憶？「女亦無所思，女亦無所憶。昨夜見軍帖，可汗大點兵；軍書十二卷，卷卷有爺名。阿爺無大兒，木蘭無長兄，願為市鞍馬，從此替爺征。」

東市買駿馬，西市買鞍韉，南市買轡頭，北市買長鞭。旦辭爺孃去，暮宿黃河邊；不聞爺孃喚女聲，但聞黃河流水鳴濺濺。旦辭黃河去，暮至黑山頭：不聞爺孃喚女聲，但聞燕山胡騎聲啾啾。

萬里赴戎機，關山度若飛。朔氣傳金柝，寒光照鐵衣。將軍百戰死，壯士十年歸。歸來見天子，天子坐明堂。策勳十二轉，賞賜百千強。可汗問所欲，「木蘭不用尚書郎，願借明駝千里足，送兒還故鄉。」

爺孃聞女來，出郭相扶將。阿姊聞妹來，當戶理紅妝。小弟聞姊來，磨刀霍霍向豬羊。開我東閣門，坐我西閣牀。脫我戰時袍，着我舊時裳。當窗理雲鬢，對鏡貼花黃。出門看火伴，火伴皆驚惶：「同行十二年，不知木蘭是女郎。」

雄兔腳撲朔，雌兔眼迷離。兩兔傍地走，安能辨我是雄雌？

〈木蘭詩〉較一般樂府長，藝術形式講究，如音韻配合嚴謹，雜以工穩的對偶。學者稱後來有文人修飾此詩，但保留民歌風貌（余冠英，頁 180；雷家驥，頁 171），〈木蘭詩〉獨特的題材及其藝術魅力是深受文人和讀者喜愛的原因。

古代女性只能在家庭內履行她們的職責，如煮飯、養育孩子、做針線等。一般而言，女性不能踰越男性的範疇行事，如當兵、做官、外出營生等。因此，這首詩以女孩代父從軍，建立戰功為題材，在當時的社會非常罕見。作者不單表達她孝順，為親人犧牲，更表達她不凡的勇氣和毅力。木蘭一方面要突破性別限制，做男性粗重艱苦的工作，另一方面要冒生命危險殺敵，還要掩飾身分，時刻擔心被揭發犯欺君罪，真的缺少半點智慧和膽色也不可。

藝術方面，此詩充滿濃厚的民歌風格，尤其利用排比與複疊手法，造成音韻跌宕和情感強烈的效果。「問女何所思？問女何所憶？女亦無所思，女亦無所憶」，問句高亢，但回答低沉，表面無所思，實質心事重重，反映她的決定和決心殊不容易。「東市買駿馬，西市買鞍韉，南市買轡頭，北市買長鞭」，在鏗鏘整齊的音韻中，看到她的辦事能力，並盡己所能準備出征，表達其沉穩剛毅的性格。但隨後期望落空，「不聞爺孃喚女聲，但聞黃河流水鳴濺濺……不聞爺孃喚女聲，但聞燕山胡騎聲啾啾」的音調由揚到抑，細緻刻劃其悲愴與思念。身為女性，身為遠行人，生死難料，內心其實極為脆弱，這正是真實的人性。此刻木蘭有千萬個理由可以回頭，但她還是堅持下去。及後戰勝歸來，「爺孃聞女來，出郭相扶將。阿姊聞妹來，當戶理紅妝。小弟聞姊來，磨刀霍霍向豬羊」，讀者不感到絲毫冗贅，反而透過爺孃、阿姊、小弟連串熱切的舉動與詩句「平聲」音調（扶將、紅妝、磨刀），體會與親人久別重逢的喜悅，充滿感染力。

二、主題探討

由冒充父親當兵，到戎馬生涯，木蘭每一刻都承受着無比的壓力，但她也不屈不撓地走過。全詩一直緊扣「木蘭是女郎」這點，它向讀者傳遞的是，只要堅持，鼓起勇氣，女性也可以突破自身和社會加諸的限制，戰勝巨大的挑戰。

同時，詩歌中角色的艱難抉擇和生離死別，都在在側面反映戰爭的殘酷。

三、改編為戲劇

本劇場以「木蘭是女郎」的中心思想開展，每一幕都環繞這個重點：好不好代父出征？女性能從軍嗎？歸來又如何？能否重過之前女性角色的生活？原詩有清晰的思路和敘事結構，劇場按照原詩的場景，設計為四幕劇：徵兵、從軍、班師、返家。作品省去木蘭十年從軍的經歷，只以幾句簡單交代，「朔氣傳金柝，寒光照鐵衣。將軍百戰死，壯士十年歸」說行軍凶險又冰天雪地，多人陣亡。這是詩歌簡練的特色，同學如有興趣，可在改編劇本方面加強描寫這一幕，鋪陳細節。

敘事角度方面，除第三人稱外，原著還有第一人稱，例如「開我東閣門，坐我西閣牀。脱我戰時袍，着我舊時裳。當窗理雲鬢，對鏡帖花黃」，因此劇場要增設角色以展示木蘭的心理。筆者嘗試用木蘭甲代表木蘭本人，木蘭乙代表她內心的聲音，包括第一幕最初的思想掙扎、第二幕的堅忍、第三幕的謙卑辭讓、第四幕的喜悦。劇場用甲、乙兩者的對話代替原詩的心理描述，也加強了戲劇衝突——意願和實際環境的挑戰。同學也可以用「畫外音」的方法表達，如此木蘭乙就會只聞其聲，而不會在舞台出現。「畫外音」的好處是擴闊思考空間；觀眾聽到有聲音不斷與台上的角色對話，會產生很多聯想：那是誰？為什麼有這樣強烈的衝突？戲劇內涵也得以提升。

語言方面，為了保留原來民歌的風味，劇場把詩句融入白話對白中，以「文白交替」的方式出現。因此，同學要先清楚理解文言詩句，才能掌握劇場對白的意思。

劇場以「意象」含蓄地表達主題，尤其以「織布機」代表木蘭的女性身分，「戰馬」代表她突破身分，選擇從軍。幕首的織布機聲暗喻她思緒紛亂、軍令緊急，和幕尾恍如隔世、百感交集的心境前後呼應。至於第二幕的戰馬聲暗喻凶險的戰爭和軍旅生活。最後，雌雄二兔也是舞台可堪玩味的神來之筆，微妙地表達木蘭的喜悦和自豪心理。她終於完成不可能的任務，而且喬裝十年，別人毫不察覺，所以難掩興奮，「把一件不平凡的事情看得如此平淡，使讀者感到一片天真和無窮的餘味」(中國社會科學院，頁 327)。雄兔和雌兔一起在地上行走，既符合眼前的農家景色，也傳遞了平等的意識，演員可以用虛擬的動作表達這含蓄的結尾。

四、生命關懷

世上很多地方，女子都因女性的身分被剝奪某些權利，無法做到一些我們認為理所當然、人人可作的尋常事，例如接受教育、婚姻自主、購買房子等。女性若要跨越這個限制，必須付上沉重的代價。

非洲肯尼亞的馬塔伊 (Wangari Maathai, 1940–2011) 的故事絕不尋常。馬塔伊除了爭取在國內接受教育，也獲得教育基金支持，赴美讀書。她學成後不安於只做大學教授，反而四處奔波，幫助貧窮的人，更鼓勵婦女學會種樹，免得國家的土地越來越乾涸貧瘠。她是大地的女兒，為綠色肯尼亞奮鬥，卻飽受嘲笑、毒打、甚至給關進監獄。她以正直對抗腐敗的政府，贏得國民支持。她亦從事公民教育，令更多婦女知道自己的權益（阿谷，頁 76–79）。馬塔伊的精神感召全世界的人。她於 2004 年得到諾貝爾和平獎，乃首位非洲女性獲此殊榮。

另一個衝破限制的女性是馬拉拉（Malala Yousafzai, 1997–），其父是巴基斯坦小學的校長，馬拉拉在父親薰陶下，熱愛讀書。她的家鄉烽煙四起，回教塔利班（Taliban）組織禁止女孩受教育，他們炸毀學校，甚至往女孩臉上潑硫酸。小學時，馬拉垃在網上發表文章，道出家鄉困境，竭力爭取女孩與兒童受教育的權利。筆的力量大於刀劍，文章引起迴響，但此舉觸怒塔利班，在馬拉拉一次放學途中施襲，槍擊其頭部。經過多次手術，她死裏逃生，終於康復，並在英國唸書，成績優異。期間，她繼續為弱勢社群發聲，積極推動平等教育。她曾說書本和筆是最強大的武器：「一個孩子，一名教師，一本書，一支筆，就可以改變這個世界」（Yousafzai & Lamb，頁 326）。誠然，這是教育的力量。2014 年馬拉拉獲諾貝爾和平獎，表揚她致力爭取婦女受教育，不屈不撓的精神。

她們既不是為自己謀求利益，亦非標榜女性有什麼特殊的權利。她們作為平凡的婦女，只想爭取公平、正義這些人的基本權益。馬塔伊以自己所學的回饋社會，並深懷大地福祉；馬拉拉堅持不能歧視女孩，要讓她們同得機會接受教育。她們的生命鼓舞世界的婦女，使她們覺醒。

老師或圖書館可以推介下列書籍，和學生一起閱讀、討論：

繪本

- 《和平樹：一則來自非洲的真實故事》
  （*Wangari's Trees of Peace: True Story from Africa*）
- 《馬拉拉的上學路》（*For the Right to Learn*）
- 《馬拉拉的魔法鉛筆》（*Malala's Magic Pencils*）
- 《自由之路——黑人摩西海莉．塔布曼的故事》
  （*Moses: When Harriet Tubman Led her People to Freedom*）
- 《海莉的蘋果》（*An Apple for Harriet Tubman*）
- 《女孩，你長大後想做什麼？》（*Girls can do Anything*）

小說

- 《戰火下的小花》（*The Breadwinner*）
- 《帕瓦娜的旅程》（*Pavana's Journey*）

五、總結

古今中外，尤其在古代，女性往往扮演犧牲者的角色，她們為丈夫、兒女、公婆、整個家庭付出一切時間和心力，默默耕耘，十分偉大。然而，這「偉大」的背後展現出對女性不盡公平；她們也是人，有自己的夢想，渴望有機會發揮才能。

原著和改編作品都沒有把木蘭塑造成追求自我利益者或女權分子，而是表達在艱難的處境下，女性的付出、堅毅、成長。木蘭的付出是她隨時會犧牲性命，並長期承受恐懼傷亡、思念家鄉、擔心身分被揭露等巨大的壓力。筆者以為，如果生命可以選擇，相信木蘭根本不會想當什麼「巾

幗英雄」。她是不得已而為之，既然下定決心，就咬定牙根走下去。因此，她的偉大之處不只是孝順和英勇，而是堅忍不拔的意志，還有犧牲精神。不論在原著或劇場，這方面的衝突力量不算強烈，反而較傾向美化、歌頌她的孝順和英勇——放下織布機，騎上戰馬殺敵。最後她能全身而退，成就一個美麗動人的故事。

現實情況比藝術作品要黑暗和艱難十倍。女性在世界各地作不平凡的事，往往比男性困難得多；她們要突破體能和眾多根深蒂固的歧視心態，殊不容易。因此，「木蘭是女郎」這個美麗的傳說和今天女性克服重重挫折的奮鬥故事，都足以振奮人心，激勵弱勢者衝破萬難，實踐生命價值。

朗讀劇場

織布機與戰馬

角色

木蘭甲
木蘭乙
父親
母親
姊姊
弟弟
皇帝
戰友
敘事者

演出時間

12 分鐘

舞台佈置

木蘭甲、乙在舞台中央。後排演員背向觀眾，演出時才轉身踏前。如果採用「畫外音」的方式，木蘭乙就只聞其聲，不會在舞台出現。

本劇會製造兩組對比的聲音：織布機聲和馬嘶聲；後排演員背向觀眾時，可以做出這些聲音效果。[1] 演員可因應情節調教聲效的音量和速度。

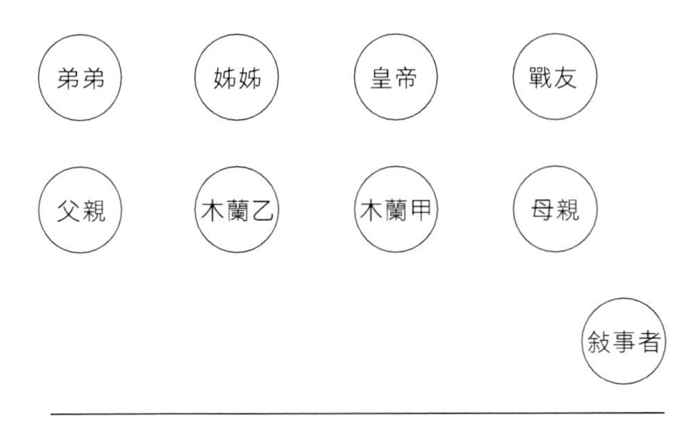

1 注意，本詩原句「唧唧復唧唧」，「唧唧」一詞解作嘆息聲（見余冠英。《樂府詩選》，頁 177）。舞台上的織布機聲是用來加強戲劇效果的。

第一幕　徵兵

敍事者：(開始時，一連串織布機聲響起，然後停頓下來。)夜深了，木蘭還一個人坐在織布機前長嗟短歎。唧唧復唧唧，木蘭當戶織。不聞機杼聲，惟聞女嘆息。

木蘭甲：怎麼辦呢？(愁眉深鎖) 我想不出辦法！難道叫爹爹送死？

木蘭乙：問女何所思？問女何所憶？

木蘭甲：女亦無所思，女亦無所憶。(織布機聲響，然後停頓下來。) 昨夜見君帖，可汗大點兵，軍書十二卷，卷卷有爺名。

木蘭乙：(點頭) 是，朝廷徵兵，我們老百姓只有服從的份兒。

木蘭甲：但爹爹已經五十歲，身體又不好。通常打仗一去就是十多年，那不等於要他的命！

木蘭乙：你沒有兄弟嗎？

木蘭甲：阿爺無大兒，木蘭無長兄。我的弟弟也只是手抱的年紀。

木蘭乙：那實在沒辦法。(織布機聲響，然後停頓下來。)

木蘭甲：(突然站起，看看鏡子) 有了！我已經十八歲，平常除織布外，也幫忙打水做粗活，絕不是弱質女流。(用手束起頭髮) 只要剪短頭髮，舉手投足學像男子，不也可以瞞過朝廷，代替爹爹到軍隊報到嗎？我還年輕，十年八載後有機會回來，但爹爹就不可以。（微笑）好，就這樣決定。明天，願為市鞍馬，從此替爺征。

第二幕　從軍

敘事者：父母知道這件事後深表震驚和擔憂，但拗不過木蘭的決心，含淚讓她出征，並囑咐她一切小心。

父　親：（輕撫木蘭頭）孩子，難為你了。爹不中用，讓你受苦。

木蘭甲：爹爹別這樣說，父母養育之恩不能報答於萬一。放心，就當我是兒子，應徵入伍，保衛國土。

母　親：（流淚）我們望你早日回來。

木蘭甲：娘親，我會好好保重，回來見你們。

木蘭乙：一切準備妥當嗎？

木蘭甲：東市買駿馬，西市買鞍韉，南市買轡頭，北市買長鞭。（馬嘶聲響，然後停頓下來。）啊，是馬兒催促的叫聲。

木蘭乙：好，就出發吧！

木蘭甲：（若有所思）行軍路上十分艱苦。馬兒，辛苦你了！

木蘭乙：（輕歎）說沒有牽掛，但實在怎放得下家人？說勇敢向前，但又怎不憂慮可見的凶險？唉，旦辭爺孃去，暮宿黃河邊。

木蘭甲：爹，娘！（抹眼淚）不聞爺孃喚女聲，但聞黃河流水鳴濺濺。

木蘭乙：大軍西征，離家越來越遠。旦辭黃河去，暮至黑山頭。

(馬嘶聲響，然後停頓下來。遠遠傳來嗚咽之聲。)

木蘭甲：不聞爺孃喚女聲，但聞燕山胡騎聲啾啾。

木蘭乙：木蘭你後悔嗎？

木蘭甲：不！（充滿信心）馬兒，走吧！萬里赴戎機，關山度若飛。朔氣傳金柝，寒光照鐵衣。（顫抖，咬緊牙關）夜深了，很冷，牙關也打顫，手指僵硬得無法拿穩兵器，但我會堅持下去的。

第三幕　班師

敍事者：(馬嘶聲響，然後停頓下來。）十多年了。木蘭不知參與了多少場九死一生的戰事，幸喜她勇敢機智，不單保住性命，更立下戰功。終於，擊退敵人，班師回朝。

木蘭甲：(看到京城，感慨萬千）京城壯麗，與黃沙滾滾的戰場真是兩個截然不同的世界！唉，想不到還可以回來，朝見聖上！將軍百戰死，壯士十年歸。（鑼聲）歸來見天子，天子坐明堂。

皇　帝：能夠殲滅敵人，你功勞不少。好，策勳十二轉，賞賜百千強。朕會給你許多駿馬和珍寶。將軍，你還有甚麼心願？若你留在朝廷，朕一定厚賜官爵。

木蘭乙：(獨白）十多年前，我冒險易釵從軍，已犯欺君之罪。今天僥倖回來，守住秘密，還奢求甚麼功名富貴？

木蘭甲：感謝陛下鴻恩，微臣只願盡快回鄉，侍奉年邁雙親。

木蘭乙：可汗問所欲，木蘭不用尚書郎。願借明駝千里足，送兒還故鄉。

第四幕　返家

敍事者：家園在望，木蘭歸心似箭。故鄉那邊，知道木蘭快回來的消息，各人欣喜不已。

姊　姊：爺孃聞女來，出郭相扶將。爹、娘，看，昨天收到官府說木蘭回來的消息，你們就整晚睡不着，今早就急忙摸黑出城迎接妹妹。（急忙掩口）噢，應該是將軍才對。

母　親：（責怪貌，但仍笑不攏嘴）對，別亂說。總之，木蘭回來，一家團聚就好了。

父　親：（仰天）皇天有眼，孩兒終於回來。

弟　弟：大姊姊雀躍萬分，今早已經悉心打扮。阿姊聞妹來，當戶理紅妝。

姊　姊：（輕拍小弟）你不也一樣，簡直瘋了。大清早就在廚房弄這個弄那個，準備美味的飯菜。小弟聞姊來，磨刀霍霍向豬羊。你二姐知道你這份心意，一定十分高興。啊，看，來了！來了！

木蘭甲：（喜極而泣）見到家人，實在歡喜得不知該從何說起……爹爹、娘親、阿姊、小弟！（停頓。仔細看四周）一切恍如隔世。家裏和以前一樣，這就是當年我織布的地方。（抬頭。織布機聲響，然後慢慢停頓下來。木蘭嘴角微笑。）開我東閣門，坐我西閣牀。

木蘭乙：同行那幾個戰友，和我出生入死。他們不知我是女兒身！（一臉頑皮）不如我換過衣服，嚇他們一跳。脱我戰時袍，着我舊時裳。當窗理雲鬢，對鏡帖花黃。

木蘭甲：（微笑出來，向戰友萬福）各位大哥，認得我嗎？出門看火伴，火伴皆驚惶。

戰　友：同行十二年，不知木蘭是女郎。（目瞪口呆）你……你是木蘭將軍嗎？

木蘭甲：（含笑）雄兔腳樸朔，雌兔眼迷離。

木蘭乙：（得意貌）兩兔傍地走，安能辨我是雄雌？

木蘭甲：（抱起地上的雌兔，輕輕撫摸，面露微笑。）

延伸活動

一、簡短問答

1. 幕初，木蘭為何如此憂心地獨坐織布機前？
   年邁父親接到徵兵狀，要從軍。

2. 木蘭家共有多少人？
   五人。

3. 木蘭整裝出發，在東、西、南、北市買了哪四樣東西？
   駿馬、馬鞍、繮繩、長鞭。

4. 行軍天氣嚴寒，那寒氣反映在哪兩件物品上？
   金柝（即刁斗）、鐵衣（即鎧甲）。

5. 木蘭共記功升級多少次？
   12 次。

6. 木蘭對皇帝說希望什麼東西送她回鄉？
   駱駝。

7. 為甚麼最後說分辨不出兔子雄雌？
   多年戰友不知道木蘭是女兒身。

8. 如果木蘭甲是花木蘭本人，那木蘭乙又是誰？
   木蘭內心的聲音。

9. 本劇場有什麼突出的聲音效果？
   織布機聲、馬叫聲、鑼聲。

二、深入討論

1. 你覺得木蘭的形象是什麼？
   強健、孝順、勇敢、吃得苦。

2. 木蘭數次內心掙扎。你認為哪一次是她生命中最大的考驗？
   她在艱難的行軍生活中，思念家人。

3. 你認為劇本中哪個地方最能表達木蘭深刻的內心世界？
   第二幕，從軍後遠離家人的痛苦心境。

4. 你認為劇本哪個地方未能充份表達木蘭深刻的內心世界？
   第三幕，十年行軍的經歷。

5. 現實中可能發生以下三種情況：(1) 木蘭的秘密敗露，犯欺君死罪；(2) 木蘭女流之輩抵受不住軍中困苦；(3) 戰死沙場。但原著安排木蘭不單立下戰功，更獲賞賜，一家大團圓結局。你認為合理嗎？還是這安排在藝術上別有深意？
   不大合理，但藝術上想突出這樣一個勇敢堅毅的女性。

三、戲劇活動

1. 舞台意象：戲劇可以用什麼中心意象？這些意象如何融入舞台劇的表達中？
   例如透過織布機、戰馬、雌雄兔的形象或聲音貫串全劇。

2. 良心小巷 (Conscience alley)：試把全班分為兩組，代入木蘭角色，一組贊成從軍，另一組反對，以「良心小巷」的方式演繹第一幕。

贊成	反對
1. 保護父親的健康、性命。 2. 守衛疆土。（但這點存疑，因不知木蘭所屬的部族是侵略別人，還是保衛自己的國土。）	1. 難以長期掩飾身分；欺君是殺頭的死罪。 2. 怕自己的能力應付不了軍旅生活。 3. 可能受傷或死於戰場。 4. 即使僥倖回來也身心受創。 5. 回家後年紀老大，不易嫁人。

3. 畫外音：如果刪除木蘭乙一角，改以「畫外音」表達木蘭內心的掙扎，你認為效果如何？

   觀眾可以把注意力集中於木蘭甲的演員身上。

4. 劇場為何在第三幕加入鑼聲？

   希望對比「將軍百戰死」與「天子坐明堂」，暗暗透露諷刺的效果。由於這一點不是本劇重點，所以只是輕輕帶過，但可以加強戲劇的層次感。

5. 如果你是導演，你認為本劇的警句在哪裏？

   第二幕，「說沒有牽掛，但實在怎放得下家人？說勇敢向前，但又怎不憂慮可見的凶險？」一針見血反映主角內心的衝突。戰爭凶險，木蘭知道這一去，有機會與家人永別。

四、閱讀與寫作

1. 獨白：木蘭卸下戎裝，回到家鄉，由絢爛歸於平淡，她如何反思自己生命的得失？題目自訂。
2. 嘗試在中間加插一幕木蘭從軍的生活。試尋找相關資料，然後詳加描寫。

   據史家考證，〈木蘭詩〉故事最大可能發生在鮮卑族所建的北魏孝文帝至孝明帝時期（471–528），不同民族互有攻伐，戰亂頻繁；居於北方的漢人亦被徵召入伍（雷家驥，頁 176、227）。

3. 北朝樂府還有描寫其他女性的作品，如描寫善於騎射的女子的〈李波小妹歌〉，還有描寫女子因年紀大而悲嘆嫁杳無期的〈地驅歌樂辭〉、〈捉搦歌〉、〈折楊柳枝歌〉。試一起閱讀〈木蘭詩〉與上述作品，寫出你對北朝女子生活的看法。
北方女子勤勞剛健，敢於坦率表白自己的感受。長期戰亂下，男丁離喪，女子也不容易出嫁，故內心焦慮（譚潤生，頁 152、168、180）。

4. 美國迪士尼卡通電影《花木蘭》(*Mulan*, 1998) 的中心思想是「女性自覺」，她要尋找真正內在的自己。木蘭臨水照鏡，反思自己不必扮演傳統既定的女性角色。有學者指出此電影由「保衛家國轉成女性自我實現的其中一種過程，透過建立軍功，女性也可光宗耀祖，不必依賴嫁入權貴人家。……木蘭從軍雖有行孝意味，但乃是她個人的選擇，是實現自我的途徑」(陳瓊婷，頁 143)。你對這個觀點有何看法？試與〈木蘭詩〉一起論述。

參考書目

中國社會科學院。〈北朝樂府民歌〉。載於《中國文學史》第一冊。北京：人民文學出版社，1985。頁 322–331。

王運熙、王國安。《漢魏六朝樂府詩》。上海：上海古籍出版社，2011。

余冠英選註。《樂府詩選》。北京：中華書局，2012。

阿谷。《三千萬棵和平樹：馬塔伊的傳奇故事》。香港：基督教文藝出版社，2012。

郭茂倩。〈木蘭詩〉。載於《樂府詩集》第二冊。北京：中華書局，1979。頁 373–374。

曹衡道選註。《樂府詩選》。北京：人民文學出版社，2000。

陳璦婷。〈花木蘭故事、形象演化析論：以木蘭詩為中心考察〉。《弘光學報》41 (2003): 129–147。〔文章附錄詳細列出古今中外記載木蘭事蹟或演繹〈木蘭詩〉的作品〕

雷家驥。〈木蘭箋證〉。《佛光學刊》2 (1999)：151–241。

蕭滌非。〈從杜甫、白居易、元稹詩看木蘭詩的時代〉。《杜甫研究》。濟南：齊魯書社，1980。頁 188–195。

譚潤生。《北朝民歌》。台北：東大圖書，1997。

Yousafzai, Malala (馬拉拉・優薩福扎伊) and Christina Lamb (克莉絲汀娜・拉姆). *I am Malala* (我是馬拉拉：一位因爭取教育而被槍殺的女孩). 翁雅如、朱浩一譯。台北：愛米粒，2013。

附錄

《地驅歌樂辭》

其二

驅羊入谷，白羊在前。老女不嫁，蹋地喚天。

《捉搦歌》

其一

粟穀難舂付石臼，弊衣難護付巧婦。男兒千凶飽人手，老女不嫁只生口。

《折楊柳枝歌》

其二

門前一株棗，歲歲不知老。阿婆不嫁女，那得孫兒抱？

其三

敕敕何力力，女子臨窗織。不聞機杼聲，只聞女嘆息。

其四

問女何所思，問女何所憶。阿婆許嫁女，今年無消息。

《李波小妹歌》

李波小妹字雍容，褰裳逐馬如卷蓬。

左射右射必疊雙。

婦女尚如此，男子安可逢！

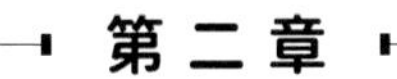

第二章

〈兵車行〉

杜甫

杜甫（712–770）悲天憫人，把唐朝社會的離亂盡收詩中，猶如心靈的時代紀錄，故被後世譽為「詩聖」、「詩史」。他曾以「樂府民歌」的格式寫下〈兵車行〉、〈麗人行〉、〈哀江頭〉、〈哀王孫〉等七言古詩。樂曲雖然古舊，卻用上了新的題目，緊貼天寶年間的人事和心中感慨，真摯深刻。

一、原著特點

〈兵車行〉

杜甫

車轔轔，馬蕭蕭，行人弓箭各在腰。

耶孃妻子走相送，塵埃不見咸陽橋。

牽衣頓足攔道哭，哭聲直上干雲霄。

道旁過者問行人，行人但云點行頻。

或從十五北防河，便至四十西營田。

去時里正與裹頭，歸來頭白還戍邊。

邊庭流血成海水，武皇開邊意未已。

君不聞漢家山東二百州，千村萬落生荊杞？

縱有健婦把鋤犁，禾生隴畝無東西。

況復秦兵耐苦戰，被驅不異犬與雞。

長者雖有問，役夫敢申恨？

且如今年冬，未休關西卒。

縣官急索租，租稅從何出？

信知生男惡，反是生女好；

生女猶得嫁比鄰，生男埋沒隨百草。

君不見青海頭，古來白骨無人收？

新鬼煩冤舊鬼哭，天陰雨濕聲啾啾。

顧名思義，〈兵車行〉以「兵、車」的部分代全體修辭格，反映戰爭的面貌。然而這篇作品有別於一般唐代的邊塞詩，既沒有描寫雄偉的塞上風光，也沒有歌頌將軍的赫赫戰功，反而以征夫出戰前夕、征戰生活、征戰感受這三幅圖畫，呈現戰爭的悲劇。

第一幅畫是當權者強行拉夫，家人痛哭送別的情景，由「車轔轔，馬蕭蕭」至「哭聲直上干雲霄」。對，這是生離死別，咸陽橋煙塵滾滾，從此不見親人的背影。整個場景細緻逼真，哭聲痛徹讀者的內心深處。

第二幅是征夫記述的軍旅生活，「道旁過者問行人……被驅不異犬與雞」，由童兵做到老兵，東征西討，軍隊死傷無數，自己也疲憊不已。即使暫時休戰也得屯田戍守邊界，不能回鄉。男丁無從選擇，一生就葬送在邊土的戰場。

第三幅是征夫的悲恨感嘆。「長者雖有問……天陰雨濕聲啾啾」，他不單想到自己的慘況，也想到家裏的親人。家鄉不斷徵召新兵，但已經沒有男丁了；土地失收，縣官仍苛索稅收，百姓敢怒不敢言。家人生活困難，還牽掛着遠方生死未卜的戰士。

這三幅沉痛的圖畫勝過千言萬語，聞者無不心酸，上位者卻無動於衷，繼續發動戰爭，「邊庭流血成海水，武皇開邊意未已」，正是核心所在。一重一輕的對比，極盡嘲諷之能事，指斥當權者的殘酷自私。

二、主題探討

戰爭是殘忍、可怕、悲痛的，但更要痛斥的是發動戰爭者。當權者的私欲、野心、好大喜功，令無數人犧牲是絕對不義的。他們何以如此冷血，看不到一幕幕人間慘劇？文學如同鏡子般，提出這些質疑，冀令聞者引以為戒。

三、改編為戲劇

本劇場以「指斥發動戰爭者」為中心思想，透過戰爭帶來的悲劇開展情節。劇場分為五幕；筆者認為上文的第二、三幅圖畫可以再細分，填補更多細節，例如苛索百姓的軍官如何驕橫、戰地士卒的死狀等，以加強戲劇的感染力。

首先在人物刻畫方面增補、擴展細節。戲劇要有具體角色，顯示其喜怒哀樂；改編不單加入陳大文一家，還有同村的根叔孩子、金土哥、阿勝等人。這些人不是無名冤魂，他們每一個都是上有父母、下有妻兒，有血有肉的男子。

為了突出「邊庭流血成海水，武皇開邊意未已」的張力，戲劇以簡馭繁處理皇帝這個角色，他隨便幾句攻打的命令，就使無數人犧牲，破碎了無數的家庭，諷刺之意盡在不言中。舞台上，皇帝要站得較高，冷酷如神明，俯視腳下眾生。

語言方面，本劇場為保留原詩風味，另加上詩人一角。他與敍事者分別站在舞台兩側，以悲憫之情朗讀詩句。他不是局外人，而是把耳聞目睹的戰爭悲劇一一道來。其實原詩的「道旁過者」或許就是杜甫本人（蕭滌非，頁 17）。

意象方面，題目本可直接以「征夫悲歌」或「邊塞悲歌」這類感嘆的用語點題，但本劇嘗試突出「哭聲」。這是回應原詩首尾呼應的意象，由家人不捨送別的眼淚，到荒野鬼魂的叫喊，悲音久久不散。正是「可憐無定河邊骨，猶是深閨夢裏人」，送別就是死別，聲音劇場就是抓着這樣的藝術主題和效果。

四、生命關懷

自有歷史以來，古今中外，人類從未停止殺戮，多少政客、野心家、「英雄」的傲慢與征伐，換來「一將功成萬骨枯」的結局。

人類越發文明，科技越發進步，可是 1914–1918 年卻迎來史無前例的第一次世界大戰，全世界都深受其害。那麼，

大家理應汲取教訓，不讓這悲劇再次重演吧？但不到二十年，1939–1945年再爆發第二次世界大戰，中間還有聳人聽聞的大屠殺和原子彈災劫。[1] 人類為何如此嗜血，如此冥頑不靈？

文學與藝術無法阻擋權力者手中的炮彈，卻能捍衛人的良知。本書的導論曾引用哲學家Nussbaum之言，她指出文學呈現人的生命及所發生的事情。讀者透過文學想像，看到他人的處境而引發同情與憐憫，進而追求正義，希望幫助那些痛苦、受傷、弱勢的人（頁3、5、8）。其實文學一直關懷這方面的事情，例如寫實作品揭示不幸者悲慘的境況，令讀者產生不平鳴。因此有內涵的文學藝術，常令我們不安和警醒。我們不會被野心家的謊言和粉飾太平的景象蒙蔽，而是直斥其非，並對戰爭受害者給予最大的人道支援。

老師或圖書館可以推介下列繪本，和學生一起閱讀、討論：

- 《世界上最美麗的村子》
  （*せかいいちうつくしいぼくの村*）
- 《戰火中的孩子》（*戦火のなかの子どもたち*）
- 《愛花的牛》（*The Story of Ferdinand*）
- 《戰爭來的那一天》（*The Day War Came*）
- 《誰贏了？》（*The Winner*）
- 《Boom：色彩世界的戰爭》
  （*Boom: La Guerra de los Colores*）
- 《泰迪熊多多人間奇遇記》
  （*Otto: The Autobiography of a Teddy Bear*）

1　日本於1937年發動「蘆溝橋事變」，侵略中國，較第二次世界大戰的1939年為早。

- 《班雅明先生的神秘行李箱》
  (*Mr. Benjamin's Suitcase of Secrets*)
- 《不可以！》(*No!*)
- 《小希的月亮：戰火下的緬甸少女》

五、總結

其實〈兵車行〉可與〈木蘭詩〉合讀。這不單因為杜甫可能受到〈木蘭詩〉的影響，更因為〈兵車行〉道出了另一面的事情，是〈木蘭詩〉未嘗提及的。[2]〈木蘭詩〉說女兒家的傳奇故事，但簡化戰爭；〈兵車行〉則赤裸裸揭示戰爭慘絕人寰的真相。除了凱旋榮歸，木蘭的另一個結局就是成為邊塞白骨、天雨鳴叫的陰魂，而非重過自由生活的農家女孩。

「哭聲」這個意象貫穿整個劇場，帶出戰爭的悲恨，悲的是家破人亡，恨的是為政者冷血。然而，這決非個別現象，因為唐代的〈隴西行〉、〈新豐折臂翁〉等同樣控訴這個現象。此外，還有古今中外無數的反戰文學、電影，甚至新聞報道中血肉橫飛的鏡頭。這一切都在告訴我們，這些鮮血與眼淚至今仍在淌流。

---

2 「爹娘哭聲，黃河水濺」的意象或源於〈木蘭詩〉（雷家驥，頁 158）。雷氏亦指出〈兵車行〉末二句就是〈木蘭詩〉「燕山胡騎聲啾啾」士卒死後的鬼哭之聲（頁 195），甚有見地。

朗讀劇場

鬼域哭聲

角色

陳大文

文妻

文父

文母

金嫂

皇帝

軍官

詩人

敍事者

演出時間

12 分鐘

舞台佈置

陳大文是主角，站在舞台前方。

開始時，後排演員背向觀眾，演出時才轉身踏前。他們可以用聲音模仿鼓聲。

皇帝不論在前排或後排，都要站在中央位置。各人和皇帝保持距離，退在一旁。

如果想多人參與劇場，詩人角色可以由幾個同學扮演，即小組朗讀詩歌，更能表現雄渾的氣勢。

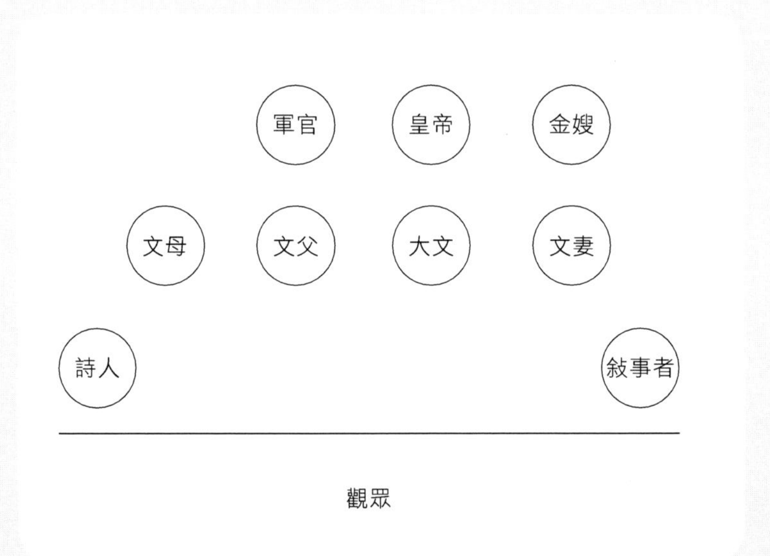

第一幕　徵兵

敍事者：(急鼓聲) 唐玄宗天寶年間，征戰頻繁，士卒死傷甚多。權臣楊國忠為增補兵源，四處抓捕壯丁。

文　母：孩兒，你在看什麼？手也發顫。莫非……

大　文：(點頭。愁眉苦臉) 終於來了，是朝廷名冊，召我當兵，到關中駐守。(氣憤) 去年拉走根叔一家的孩子，今年初是金土哥，現在輪到我。村中已經沒有壯丁了！

文　父：(悲哀) 若非我年老走不動，他們也會帶走我。朝廷那些人為什麼總強逼我們打仗？二十年前是這樣，現在仍是這樣。還記得阿勝嗎？那時他還年輕，出征時，村中的里長還為他穿上盔甲；最近看他，頭髮花白，斷了腿，癱在路旁。唉，他還好，有命回來。多少人沒有音訊？

大　文：爹，不要説了，我們怎能違抗朝廷的命令？

文　妻：(哭泣) 大文，你一定要回來。我們的孩子還小，家中的糧食也不足夠。

大　文：(黯然無語。身體僵着。突然，被大力的拍門聲嚇了一跳。)

軍　官：(大聲呼喝) 陳大文聽命，快點準備好，帶備衣物兵器，到村口集合。外面已經有很多人聚集，再晚點，就用刑具拉走你。

父　母：(拉着大文衣服) 孩子，不要走。

文　妻：(哭泣) 大文，大文，要回來啊。(哭聲一直持續)

詩　人：車轔轔，馬蕭蕭，行人弓箭各在腰。耶孃妻子走相送，塵埃不見咸陽橋。牽衣頓足攔道哭，哭聲直上干雲霄。

第二幕　開疆

敍事者：唐朝與四周的外族不斷互有攻守。玄宗天寶年間，敵對的外族有西邊的吐蕃和西南的南詔，每仗唐兵都損失慘重 (急鼓聲)。

皇　帝：準備兵馬，打南詔。

軍　官：遵命！

皇　帝：準備兵馬，打吐蕃。

軍　官：遵命！

皇　帝：準備兵馬，打南詔。

軍　官：遵命！

大　文：(吞吞吐吐) 大人，我駐守黃河西岸的邊關已經十多年了。能否讓我回家看望年邁的父母和可憐無依的妻兒？

軍　官：(凶狠) 別作夢。前線如此吃緊，大夥兒怎得回去？告訴你，你要在這地長駐下去。無事種田，有事出戰！

大　文：大人，求求你⋯⋯

詩　人：道旁過者問行人，行人但云點行頻。或從十五北防河，便至四十西營田。去時里正與裹頭，歸來頭白還戍邊。邊庭流血成海水，武皇開邊意未已。

(陳大文木無表情，慢慢走向觀眾席，坐下。)

第三幕　荒村

敍事者：唐朝自開國起，屢屢對外用兵，以致關中（即今天陝西）一帶，虛耗甚多，百姓苦不堪言。

金　嫂：文哥有沒有消息？

文　妻：(愁眉不展) 一年前收過家書，之後就沒有了。金土呢？

金　嫂：也沒有。唉，真是生死未卜。你看四周長滿荊棘，叫我們如何種田？

文　妻：就是了。村裏根本沒有男丁做莊稼。就算我們辛勤鋤地種菜，也不及雜草長得快。前面根叔一家的田地荒廢多年，早已分不出地界，真可惜。

金　嫂：沒有收成，老的少的都得捱餓。

文　妻：遠在外頭當兵的情況也不好。大文曾在信中提到，他們生活得豬狗不如，東奔西走；更悲慘的是不知甚麼時候才能回鄉。

金　嫂：(抬頭) 老天，這樣的日子何時了？

詩　人：君不聞漢家山東二百州，千村萬落生荊杞？縱有健婦把鋤犁，禾生隴畝無東西。況復秦兵耐苦戰，被驅不異犬與雞。

第四幕　索租

敘事者：到了冬天，大雪紛飛，農村更覺蕭條。更要命的是朝廷的徵兵和收稅一直沒有停止。

軍　官：(大力拍門) 開門，縣老爺收田租！

文　父：大人，我們一家四口過冬也吃不飽，哪有能力繳田租？

軍　官：(趾高氣揚) 廢話，朝廷給耕地，你們交租，天公地道。你們種不出東西來，我哪管得着！快，少嚕囌。

文　母：我們的兒子都上了戰場，哪有人種田？

軍　官：對了，縣老爺説還要更多壯丁入伍。你們家有小孩吧？

文　妻：(哭道) 阿毛才七歲，怎麼打仗？求求你，不要帶他走。

軍　官：過一兩年，小孩也可入伍。交不出人，你們的田租也無法抵免！

詩　人：長者雖有問，役夫敢申恨？且如今年冬，未休關西卒。縣官急索租，租稅從何出？

第五幕　鬼域

敘事者：(似有還無的哭喊聲) 關外雨下個不停。風吹過，好像還夾雜着幾許嗚咽之聲。

大　文：(在觀眾席上緩緩站起來，語調緩慢) 十年了，想回鄉看望父母妻兒，望得眼也穿了。（指前方）瞧，青海那堆骨頭，就是根叔一家的兒子。（指向另一方，惶恐。一陣急鼓聲）還有……還有……年頭與敵人一場血戰，對方的馬匹像潮水般衝來，我看見金土的頭骨碎裂，眼珠也爆出來。（側頭，語調淒然）金土你哭什麼？這是命！（停頓）我現在不也來看你麼？那一箭穿過胸膛，我緊緊拿着妻子給我的玉珮。嘿，完了。這裏的雨下得很大，但我的魂魄終於回家了。

文　妻：（發夢驚醒，渾身冷顫）大文！

詩　人：信知生男惡，反是生女好；生女猶得嫁比鄰，生男埋沒隨百草！（似有還無的哭喊聲）。

眾演員：君不見青海頭，古來白骨無人收？新鬼煩冤舊鬼哭，天陰雨濕聲啾啾。

延伸活動

一、簡短問答

1. 故事發生在哪個朝代？
   唐朝。
2. 那時要討伐哪些邊疆外族？
   吐蕃、南詔。
3. 陳大文家裏有多少人？
   五人。
4. 關中所指的是今天什麼地方？
   陝西。
5. 除了徵兵，縣官還派人到農村做什麼？
   索取租金。
6. 陳大文的最終命運是什麼？
   戰死。

二、深入討論

1. 你認為原詩中哪一句最沉痛？為什麼？
   「牽衣頓足攔道哭，哭聲直上干雲霄」，因為它表達出生離死別之痛。
2. 戲劇的哪一幕、哪一句、哪種聲音、哪個眼神最打動你？
   第五幕，陳大文說：「這裏的雨下得很大，但我的魂魄終於回家了。」征夫到死才可以「回家」，極度絕望。

3. 為什麼陳大文在第二幕尾走向觀眾席？

他的靈魂飄散遠方；這個動作也希望帶出震撼效果，為觀眾帶來更多切身的感受。

4. 悲劇可避免嗎？這些事今天還會發生嗎？

學生回答前須做足工夫蒐集資料。

5. 試看另一首唐詩，白居易的〈新豐折臂翁〉。你寧可當役夫去打仗，還是當折臂翁以避兵役？

學生自由表達看法，言之成理即可。

6. 劇場的鼓聲給你什麼感覺？

催逼之聲、反映戰事殘酷慘烈。

三、戲劇活動

1. 定格：學生分為五組，每組選擇一幕經典的場面，以「定格」來表達。老師追蹤發問，主要希望學生深入了解角色的內心世界。

例如第一幕，有五人，軍官惡狠狠指着大文，大文身體傾斜軍官那邊，但頭卻轉向家人。妻子和文母緊緊牽着他的衣服，臉容悲傷。父親彎腰站在妻子後面，伸手向前，也想抓住大文，無限痛心與不捨。

2. 訪問：老師先示範，然後揀選學生飾演戰地記者，輪流訪問陳大文、文父、皇帝、軍官、村民、外族、杜甫、香港學生。全班分為八組，各組扮演上述角色，先討論，後派代表接受訪問。

3. 對談：全班分為兩組，各站兩邊，面對面代表「文妻」與「皇帝」對談。天威難測，但百姓仍想知道為什麼要犧牲那麼多人命、拆散那麼多家庭去發動戰爭？這個機會可以讓雙方說出各自的看法。

四、閱讀與寫作

1. 出征者的命運如何？試閱讀陳陶〈隴西行〉、白居易〈新豐折臂翁〉，你能把這兩首詩和〈兵車行〉合併，創作出另一齣戲劇嗎？

2. 寫作也可代入角色，令學生更能體會人物之情，例如：
   - 假如你是隨軍記者，試寫下一篇橫跨十年的戰地報道。
   - 假如你是陳大文，試寫下三則軍中日記。
   - 全班分為兩組，一組為「陳大文」，另一組為「文妻」。試各自寫下家書，然後交換，再回覆對方。

參 考 書 目

仇兆鰲。〈兵車行〉。載於《杜詩詳注》第一冊。共五冊。北京：中華書局，1985。頁 113–118。

葉嘉瑩。《迦陵説詩講稿》。台北：大塊文化，2012。

張忠綱。《杜甫詩》。北京：中華書局，2013。

雷家驥。〈木蘭箋證〉。《佛光學刊》2 (1999): 151–241。

歐麗娟。《杜甫詩之意象研究》。永和：花木蘭文化出版社，2008。

蕭滌非。《杜甫詩選註》。上海：上海古籍出版社，1983。

謝思煒。《杜甫詩》。北京：人民文學出版社，2012。

Nussbaum, Martha C. *Poetic Justice: The Literary Imagination and Public Life*. Boston: Beacon Press, 1995.

附錄

〈隴西行〉陳陶

誓掃匈奴不顧身，

五千貂錦喪胡塵。

可憐無定河邊骨，

猶是深閨夢裏人。

〈新豐折臂翁〉白居易

——戒邊功也

新豐老翁八十八，頭鬢眉鬚皆似雪；

玄孫扶向店前行，左臂憑肩右臂折。

問翁折臂來幾年？兼問致折何因緣？

翁云貫屬新豐縣，生逢聖代無征戰；

慣聽梨園歌管聲，不識旗槍與弓箭。

無何天寶大徵兵，戶有三丁點一丁；

點得驅將何處去？五月萬里雲南行。

聞道雲南有瀘水，椒花落時瘴煙起；

大軍徒涉水如湯，未過十人二三死。

村南村北哭聲哀，兒別爺娘夫別妻；

皆云前後征蠻者，千萬人行無一回。

是時翁年二十四，兵部牒中有名字；

夜深不敢使人知，偷將大石錘折臂；

張弓簸旗俱不堪，從茲始免征雲南。

骨碎筋傷非不苦，且圖揀退歸鄉土。

此臂折來六十年，一肢雖廢一身全；

至今風雨陰寒夜，直到天明痛不眠。

痛不眠，終不悔，且喜老身今獨在；

不然當時瀘水頭，身死魂飛骨不收；

應作雲南望鄉鬼，萬人塚上哭呦呦。

老人言，君聽取：

君不聞開元宰相宋開府，

不賞邊功防黷武？

又不聞天寶宰相楊國忠，

欲求恩幸立邊功？

邊功未立生人怨，請問新豐折臂翁。

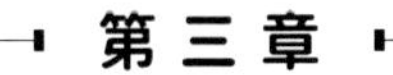

第三章

〈手推車〉

艾青

中國現代詩人艾青（1910–1996）的成名作是〈大堰河——我的保姆〉（1933）。這首長詩有主角、配角、故事，道出詩人對保姆的懷念，以及保姆辛勤、悲酸的一生，同時反映中國苦難的現實。也許讀者會認為改編此詩為舞台劇，應該比短小的抒情詩〈手推車〉（1938）來得容易。沒錯，前者較貼近敍事的形式，可以引發較多戲劇行動；抒情詩確是難以直接改編，必須另闢途徑。本章嘗試創作一個契合原詩精神、「全新」的手推車故事。

一、原著特點

這是艾青1938年北方詩組中其中一首詩。[1] 抗日戰爭開始，艾青顛沛流離，由南至北，體會到社會各階層百姓的辛酸，發而為詩，感情真摯，一寫再寫小人物的苦難。

1　北方詩組還有其他詩歌，包括〈風陵渡〉、〈北方〉、〈驢子〉、〈駱駝〉、〈補衣婦〉、〈乞丐〉。

這首詩沒有特寫什麼人物，主角只是一件工具，就是當時中國百姓最常用來載人載貨的手推車。但車就是人，人就是車，兩者合一。除了題目，詩中還單獨出現這個意象兩次，可見其分量之重。

這詩有兩節，每節十句，句式對稱重複，例如「手推車／以唯一的輪子」，「手推車／以單獨的輪子」、「徹響着／北國人民的悲哀」、「交織着／北國人民的悲哀」。這種手法一方面令節奏感強烈，相似的旋律縈繞讀者的腦海，另一方面又像兩幅畫以不同角度（聽覺與視覺）上下呼應。上節強調令人痙攣的聲音，下節則是深深的轍跡，有聲與無聲，同樣傳遞那份沉重的顛簸困頓。

二、主題探討

蒼茫大地，一輛手推車踽踽獨行，這個畫面以小見大，氣魄宏闊，亦富象徵意義。

手推車就是人和土地的結合，人推着車，腳踏大地。這土地貧瘠、乾涸、荒涼，民眾飢寒交迫，孤獨淒惶。民眾因戰亂流離失所，其痛苦無邊無際。不論是黃河和路程的綿長，還是沙漠和天空的廣闊，都在襯托這個概念。然而，生命無論怎樣困頓，也要繼續走下去。

三、改編為戲劇

這首精煉的詩歌透過意象與音樂，含蓄表達戰亂下民眾無盡的悲哀。有了概念，我們再看結構如何配合。第一節首五句主要說尖音，後五句利用聲音穿過路程；第二節首五句

主要説車痕，後五句利用這個痕跡穿過路程。這正好構成四幕的格局。

其次，詩歌顯示豐富的舞台元素。視聽方面，既看見枯乾的河底、陰暗的天空、灰黃的土地、破舊的村落、深深的車痕，也聽到淒厲的尖音、民眾的哀嚎、牙關顫抖的聲音、呼呼的風聲，當然也有無聲的孤寂；行動方面，是一程又一程的逃亡，亦是一次又一次生命的煎熬。

顧全一家逃難的故事就在這樣的背景下孕育出來。它雖然是衍生創作，但緊扣原詩精神。這家人的經歷就配合原詩黃河流域的所見所聞。此外，詩歌的抗日時代背景也為劇本提供不少細節，例如逃難者的倉皇，害怕敵人追殺，只得一路向反方向走避。本劇場增加了這家人在困難過程中相濡以沫的感情。顧全挑起一家的重擔，其妻在旁默默支持；大女兒懂事，為父母分憂，照顧奶奶和弟弟。老人和小孩是弱勢者，他們都直言表達自己的擔心。其實所有人都憂慮，只是大家苦苦撐着。演員要細緻地揣摩他們的心境。

這個改編作品有參考其他方式的舞台演出。希臘劇場的歌隊（chorus）除了抒發對劇中人的感受，也可以表達他們的想法，或同情或憂心或質問或勸説，以增加劇場互動氣氛。為了讓觀眾能夠同時原汁原味欣賞〈手推車〉詩意，筆者仿效古希臘劇場，安排歌隊分站舞台兩邊，他們體會逃難家庭的慘況，輪流朗誦詩句以增強戲劇感染力；詩句與戲劇對白交錯出現，呈現像回音般的節奏之美，籠罩整個舞台。

顧全的故事呈現人與人、人與命運的戲劇衝突，無論如何惡劣，他們都不退縮。這些小人物沒有什麼慷慨激昂的作為，他們只為生存而苦苦掙扎，在亂世中與家人互相支持。

穹蒼廣大，人和車卻如此渺小，所作的都好像是徒勞；他們不斷拼命、忍耐，但可以逃出生天嗎？這正是本劇的悲劇所在。

四、生命關懷

正當我們安坐家中吃飯、睡覺、看電視，以為生活如流水的時候，世上很多地方的人，就連「家」的概念也不敢想像。他們寧願在怒海飄浮、穿過危險的叢林邊界，也不敢留在原居地。這些人的名字叫「難民」。

難民指那些因戰火、天災、宗教種族迫害等人道危機而逃往他國的人。從廣義的概念而言，有些人雖然沒有跨越邊界，卻也被迫離開家園，在本國四處流徙，以避禍亂。[2] 自 2001 年起，聯合國把每年 6 月 20 日定為「世界難民日」(World Refugee Day)，以紀念這些命運悲苦的人。今天，大量難民來自東歐的烏克蘭、中東的敍利亞和阿富汗、東南亞的緬甸，以及非洲的南蘇丹。他們痛失家園，與家人失散，更在逃難過程飽受死亡、凌辱的威脅，造成恐懼、絕望的心理創傷。即使難民能夠在某個地方暫時落腳，也不代表能夠得到足夠的保護或生活、醫療的支援。大部分國家都不願意收容難民，他們是世界的邊緣人。

我們不應該對難民冷漠無情，反倒更要關懷他們。這可以先從學校開始，例如邀請有關機構，如聯合國難民署 (The

2　法律上把這些無法越過邊境的人稱為「國內流離失所者」(internally displaced people)，他們的處境比難民更悲慘，更得不到保護。

UN Refugee Agency）、樂施會（Oxfam）、宣明會（World Vision）、施達基金會（CEDAR Fund）、香港尋求庇護者和難民協會（The Hong Kong Society for Asylum-Seekers and Refugees）的專業人士演講，讓學生初步認識難民工作。非牟利組織的難民工作乃「實踐人道主義和保障基本人權」（樂施會，頁 134），這些都是公民珍視的核心價值。課堂方面，閱讀讓我們能更深入了解難民的真實經歷。老師或圖書館可以推介以下書籍：

繪本

- 《小難民塔利亞》（*Chemin des Dunes*）
- 《世界中的孩子 2：為什麼會有難民與移民？》（*Children in Our World 2: Refugees and Migrants*）
- 《四隻腳，兩隻鞋》（*Four Feet, Two Sandals*）
- 《再見，我美麗的鳥兒》（*My Beautiful Birds*）
- 《旅程》（*The Journey*）
- 《親吻沙灘的小孩》
- 《難民：世界上最悲傷的旅人》（*세상에서가장슬픈여행자 , 난민*）
- 《Nadima 納迪瑪逃難奇遇記》

文學作品及其他

- 《飛越苦難》
- 《鹽淚：巴特羅醫生眼裏的難民血淚》（*Lacrime di Sale*）
- 《逃難者》（*Refugees*）

- 《旅行箱的故事：黑色大地上，十四個孩子，他們的旅行箱，和他們的故事》
  （*The Suitcase Stories: Refugee Children Reclaim Their Identities*）
- 《我只想活着：七歲女孩的敍利亞烽火日常》
  （*Dear World: A Syrian Girl's Story of War and Plea for Peace*）
- 《地中海的眼淚》
  （*A Hope More Powerful Than the Sea*）

跟進活動方面，老師可以鼓勵學生透過戲劇演繹這些故事，讓更多人感同身受。劇場後有討論和行動，看看如何幫助有需要的難民，例如譴責迫害的行為、敦促各國政府好好保護難民、改善難民營的條件等。另外，英國有藝術治療師和心理輔導員於 2001 年開展「旅行箱計劃」（Suitcase Project），給流亡英國的非洲難民兒童一個旅行箱，他們可以在箱外繪畫，也可以把畫作放進箱內，讓他們打開心扉，抒發感受，重建自己的身分和信心（詳見上面閱讀書單《旅行箱的故事：黑色大地上，十四個孩子，他們的旅行箱，和他們的故事》）。有能者總可以從一點一滴的事情做起；沒有人是孤島，我們的命運都彼此相連。

五、總結

詩歌精煉含蓄，戲劇的故事則充分開展。雖然兩者的表達方式不一，但仍可傳達相同的情感，如對逃荒者的關懷與同情。劇場也盡量發揮原著的意象和各樣視聽的效果，使原著和改編作品互相呼應。

轉化為劇場，不單是說故事，更要掌握細節、投入情感。學生宜多看艾青的其他詩歌，並了解抗戰時期中國人的苦難、憤慨、悲酸與無助，這樣編寫和演出才具說服力。在這基礎上，進而關心今天同樣在世上受苦的難民，設法為他們減輕一點痛楚。他們不應該是絕望的，只要大家同行，他們就能走出新的路來。

朗讀劇場

哪條路？

角色

顧全
顧妻
顧老奶奶
小蘭，顧全女兒
小虎，顧全兒子
歌隊
敘事者

時間

8 分鐘

舞台佈置

顧全是主角，但因為他負責推車，所以不站在中間位置。開場時，顧全拉起馬步，以「定格」作推車狀。妻子不願加重他的負擔，所以也是徒步的；其餘三個家人坐在手推車上。歌隊分站在舞台兩邊較側的位置。

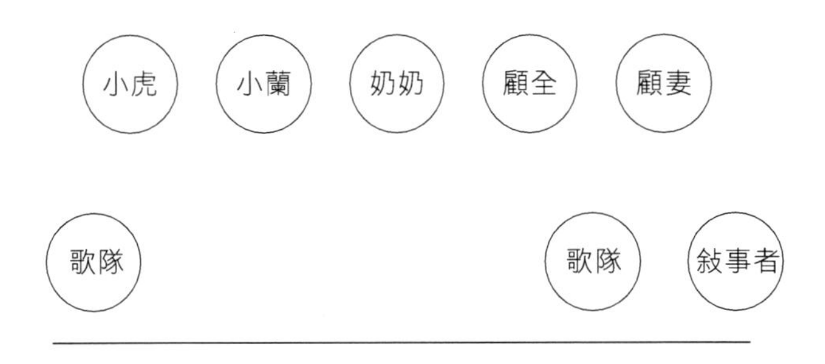

第一幕　逃難

敘事者：1937 年 7 月盧溝橋事變。不久，日軍攻佔北平（今天的北京），正式全面侵略中國。華北淪陷，河北居民一家大小不斷往山西、陝西方向逃亡。顧全一家也在其中，他們只有一輛手推車，上面坐着老人和小孩，還堆放了幾件包袱。一路風霜，大家都疲累不已。

（歌隊背向觀眾，發出刺耳的車輪聲）

顧　全：所有人都沒命地逃跑，十分慌亂（站定，喘氣）。走慢點，就多一分危險。

顧　妻：阿全，歇一歇吧。

小　虎：爸，我很口渴。

小　蘭：小虎，忍一忍，水不多，大家不能再多喝。

奶　奶：我們已經這樣走了一個月，還要走嗎？

顧　全：娘，你看，四周這樣荒涼，怎麼停下來？這是黃土地，唉，到處乾巴巴的。

顧　妻：（憤慨）是啊，要繼續走，日本鬼子正追殺過來。

顧　全：前面的路有很多石頭，很難走。小蘭，你就坐在奶奶旁，扶着她。小虎，你坐在另一邊，靠近這個大包，抓緊一點，知道嗎？

孩　子：知道，爸爸。

顧　全：（刺耳的車輪聲）嘿喲，嘿喲。

歌　隊：（舞台右面的歌隊朗誦詩句）在黃河流過的地域／在無數的枯乾了的河底／手推車／以唯一的輪子／發出使陰暗的天穹痙攣的尖音

第二幕　寒夜

敍事者：顧全為了找到有水源的地方，所以偏離了逃荒隊伍，走往另一條分岔路。眼見天色越來越暗，他有些慌亂，但強自鎮定。

顧　妻：這段路很陡峭，我也一起推吧。

顧　全：(刺耳的車輪聲) 你幫不了什麼忙，看着娘和孩子吧(喘氣)。

顧　妻：你……多麼倔強 (痛惜)。唉，對了，走上這條路後，好像只有我們這家。剛才路上還看到一些車子。

顧　全：他們那邊的路更不順，也沒有水流。別理會，我們要在天黑前走到不遠處有人煙的地方。

小　蘭：爸，奶奶好像有些發抖，手也冰冷。

顧　全：娘，怎麼了？快天黑，天氣會更冷。你忍一下，前面山腳應該有村子的。

奶　奶：不用擔心，我過一會就沒事 (咳嗽)。

小　虎：今天晚上我們住哪兒？奶奶需要好好休息。

顧　妻：孩子，別多說，我們都知道。天那麼黑，我們提醒爸爸每一步都要小心謹慎。

歌　隊：(舞台左面的歌隊朗讀詩句) 穿過寒冷與靜寂／從這一個山腳／到那一個山腳／徹響着／北國人民的悲哀

第三幕　貧困

敍事者：皇天不負有心人，顧全看到一條荒村，立刻把手推車推進去，但四周看似空蕩蕩。晚上天氣倍覺寒冷。

顧　妻：幸好這小村子有間破茅舍可以歇腳。婆婆，慢慢下來，我扶你。

顧　全：(憂戚貌) 村民也走得沒剩幾家了。

奶　奶：哎，不走，難道等鬼子和賊匪劫掠？

小　虎：(害怕) 姊姊，我怕，今晚有賊人嗎？

小　蘭：小虎，不用怕，我剛才看見附近有微光。爸，好不好問他們要點食物？

顧　全：孩子，你不用想了，我們沒得吃，他們也一樣沒有，這些日子大家都苦。

顧　妻：(抬頭) 啊，下雪了！要生個火，否則今晚一定凍僵。(停頓，自言自語) 不知這樣的日子還要熬到什麼時候？

顧　全：現在只能見一步走一步。你看，這輛盛載我們所有家當的手推車，它的輪子沾滿泥土，也磨損不已。(坐下，抱頭) 人和車也快撐不住了。

歌　隊：(舞台右邊的歌隊朗誦詩句) 在冰雪凝凍的日子／在貧窮的小村與小村之間／手推車／以單獨的輪子／刻畫在灰黃土層上的深深的轍跡

第四幕　前方

敍事者：經過昨晚休息，大家稍為恢復氣力，於是走出荒村，繼續茫然西行。突然，天氣驟變，翻起滾滾煙塵。

顧　全：(刺耳的車輪聲) 嗨，走吧！

小　虎：這兒風沙很大。

顧　妻：小虎，閉上眼，媽媽在你旁邊擋住。

小　蘭：前面路口有十幾輛手推車，它們東歪西倒，很多人的衣服都破破爛爛。

顧　全：我推車上前，看看他們。（停頓）。啊，老鄉……怎麼，你們……在荒漠那邊走過來，差點沒命？……啊，遇到狂風沙，死了許多人！

顧　妻：這裏也不宜多留，危險。來，大家互相幫忙，一起扶起手推車。

奶　奶：（抹眼淚）人命不值錢，死得冤，不走也死，出來也死。

顧　全：（仰天）唉，還有路嗎？

歌　隊：（舞台左邊的歌隊朗讀詩句）穿過廣闊與荒漠／從這一條路／到那一條路／交織着／北國人民的悲哀

延伸活動

一、簡短問答

1. 這家共有多少人？
   五人。
2. 誰人推車？
   顧全。
3. 他們為何離鄉別井？
   逃避日軍追殺。
4. 他們沿着哪條河走？
   黃河。
5. 天氣如何？
   天色陰暗，天氣寒冷，晚上還下雪。
6. 環境如何？
   沿途十分荒涼，河水乾涸，路途崎嶇，還刮起大風沙。
7. 這些難民往哪個方向走？有目標嗎？
   往西面走，但沒有目標。

二、深入討論

1. 你聽到什麼聲音？看到什麼顏色？聲音和顏色有什麼意義？
   聽到刺耳的車輪聲和顧全的推車聲，看到灰黃的土地和黑暗的天空，聲音和顏色襯托出人物的悲哀。

2. 這些難民在途中遇到什麼困難？他們能夠保護自己嗎？

他們飢寒交迫，又受狂風沙吹襲，隨時喪命。

3. 你怎樣看顧全這家人？

他們互相關心扶持，但有時亦流露出灰心喪氣的情緒。

4. 劇場中哪句話令你感受最深刻？為什麼？

學生可自由發表意見，例如第三幕：「不知這樣的日子還要熬到什麼時候？」或第四幕：「還有路嗎？」，因為那是絕望的呼喊。（思考：你在劇中有否看到一絲希望？）

5. 單輪手推車有什麼象徵意義？

它象徵沉重的苦難。

三、繪畫與故事演繹

1. 先朗讀詩歌一次。

2. 老師在黑板或地上的大白紙繪畫。老師一面問學生〈手推車〉中有什麼景物，一面畫出學生所說的東西。學生要細緻說出景物的特色，例如龜裂的河牀、陰暗的天空、荒涼的村落、崎嶇的泥路等。

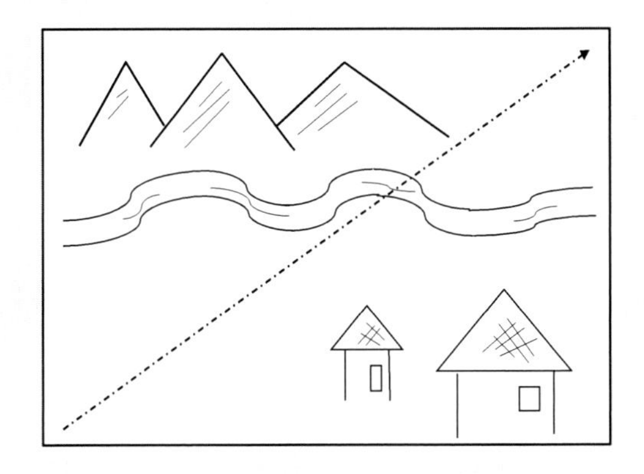

3. 老師指出畫中的對角線 (diagonal)，就是稍後戲劇演出的路線。這幅畫其實等於課室的平面圖。

4. 同學分為四組，進行角色扮演。每組自行創作並演繹一個難民故事。不用旁白，全部採用代言體演出。

5. 每組輪流演出，即觀眾可以欣賞四次表演。每組由課室一角，沿對角線走，沿途説出所見所聞和所感。每組可隨意創作角色人物，例如失去父母的孤兒、飢腸轆轆的家庭、老弱病患者等。

四、採訪活動與深入探究

1. 全班分為甲、乙、丙、丁四組。甲組找人飾演顧全夫婦；乙組找人飾演小蘭和小虎；丙組找人飾演顧老奶奶；丁組找人飾演沿途的難民。每組先討論所負責的角色性格和情感。

2. 甲組的顧全夫婦上場時，乙組同學就訪問他們；乙組的小蘭、小虎上場時，丙組同學就訪問他們，如此類推。3. 活動後，每人寫下感受，並擬定一條問題，總結你想表達的概念，例如：人生下來就這樣苦嗎？為什麼要侵略別的國家，以致別人承受那麼大的痛苦？苦難有出路嗎？

4. 每組選出一條最想討論的問題，然後互相討論。

5. 討論畢，每組派代表輪流報告各組所得。

五、綜合戲劇活動

　　這條黃河由北朝〈木蘭詩〉「但聞黃河流水鳴濺濺」，到唐代〈兵車行〉「或從十五北防河」，再到民國〈手推車〉「在

黃河流過的地域」，貫串一千五百年來，戰爭下受苦人民的血淚。

抽取〈木蘭詩〉、〈兵車行〉、〈手推車〉這三首詩的片段，組合並編寫成新的劇場《黃河淚》。這種合併方式最重要是找到共同主題，例如戰爭禍害，此外每個環節須有機相連。改編者可選取〈木蘭詩〉上半，接着嗚咽聲和滔滔水聲，〈兵車行〉全詩，然後不斷的干戈鐵馬聲，一直綿延至〈手推車〉的走難場景，最後炮聲隆隆作結。

配合音樂《黃河怨》(冼星海曲、張光年詞，1939) 表演。這是一首悲歌，唱出受壓迫者的聲音。

六、閱讀與寫作

1. 這個時期，艾青也寫了一連串有關北國人民的詩歌，包括〈風陵渡〉、〈北方〉、〈驢子〉、〈駱駝〉、〈補衣婦〉、〈乞丐〉。試選擇其中一首，與〈手推車〉合論，說出你的讀後感。題目自訂。
2. 上述詩歌的意象，例如手推車、驢子、雁群、駱駝、補衣婦、乞丐，給你什麼創作和演出的靈感？你可以創作出另一戲劇嗎？
3. 今天世上很多角落，例如東歐、中東、東南亞、非洲都在上演難民的悲劇，你會多了解他們，並伸出援手嗎？請瀏覽網上資料，說出一個難民故事。

參考書目

艾青。〈手推車〉。《艾青詩選》。北京：人民文學出版社，1981。頁 58–59。

樂施會編。《天地無家》。香港：樂施會，2011。

Clacherty, Glynis（格琳妮絲・克蕾契蒂）and Diane Welvering（黛安・薇芙琳）. *The Suitcase Stories: Refugee Children Reclaim Their Identities*（旅行箱的故事：黑色大地上，十四個孩子，他們的旅行箱，和他們的故事）. 林麗冠譯。台北：城邦文化臉譜出版，2009。

Loescher, Gil. *Refugees: A Very Short Introduction*. Oxford: Oxford UP, 2021.

Marfleet, Philip. *Refugees in a Global Era*. New York: Palgrave MacMillan, 2006.

Pai, Hsiao-Hung（白曉紅）. *Bordered Lives: How Europe Fails Refugees and Migrants*（邊境人生：在歐洲顛沛流離的難民與移民）. 吳侑達、孟令偉譯。台北：南方家園出版社，2019。

Ruurs, Margriet. *Stepping Stones: A Refugee Family's Journey*. Custer: Orca Book Publishers, 2016.

第四章

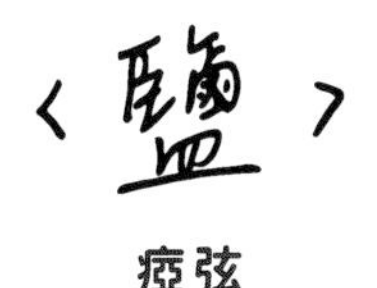

〈鹽〉

瘂弦

瘂弦（1932–）的現代詩〈鹽〉寫於 1958 年。50 年代台灣現代詩蓬勃發展，一方面繼承中國傳統詩的特色，另一方面吸取西方文學手法，充滿創新和活力。瘂弦是現代詩的推動者，但詩人敏銳而溫潤的心靈才是創作的泉源。他感受到時代的動盪，對親人與故土的思念揮之不去。〈鹽〉的構思獨特，以卑微的鹽、鄉間盲婦寫出整個大時代和人類的悲劇，氣象恢宏。

一、原著特點

〈鹽〉的題材十分寫實（realist），透過清末一個平凡農村婦人的故事，讓我們目睹種種人間苦難，然而它又採用現代（modernist）的藝術手法和技巧，譬如戲劇般的角色對話、人物時空不協調的超現實場景、充滿反諷（dramatic irony）的白色意象等。白靈認為詩人善用對比，例如微不足道的二嬤嬤對比俄國大文豪、匱乏的鹽巴對比到處飄散的雪花、二嬤嬤的哀求對比天使的嬉鬧（頁 45）。這種種荒誕的對照，如幻似真，令讀者無限錯愕，引發其想像，從而思考苦難的根源。

詩歌的特色是音樂，〈鹽〉的首尾兩句以重複方式前後呼應，但主詞逆轉，末句尤其沉痛，連最關懷卑微人物的大作家也看不到／寫不出二嬤嬤的苦難，可見其苦難之深。這令人想起王禎和的小說《嫁妝一牛車》扉頁中的一句話：「生命裏總也有甚至修伯特（Schubert）都會無聲以對的時候」。[1] 無言與回音又是另一對比，詩歌三次重複「鹽呀，鹽呀，給我一把鹽呀！」這句話，音效突出，像絕望的呼聲不斷迴響。這種手法得力於一唱三嘆的傳統歌謠技巧。

除了聽覺，還有視覺，顏色也是詩人着意經營的效果。鍾玲指出，「鹽和雪都是白色，天使的袍子也是白色，最後開的豌豆花也是白色。全詩瀰漫這純潔寧靜的白色，與二嬤嬤慘痛的一生形成強烈對比，更襯托出她瞎眼以後的黑暗世界」（頁 163）。這些白色的意象何其諷刺；天地不仁，白色世界永遠白，黑色世界永遠黑，兩者不會相遇。

二、主題探討

這首詩藉老婦二嬤嬤的悲慘遭遇，道出窮人的痛苦和絕望。天災人禍，令活在社會底層的人飽受折磨；無論他們怎樣呼求，在上者都不予理會。儘管權貴常把政治改革、福利

1 Franz Schubert (1797–1828)，一般譯作舒伯特，奧地利作曲家。

救濟、人道主義等漂亮、動聽的話掛在嘴邊，但他們對受苦者毫無憐憫之心。

三、改編為戲劇

〈鹽〉改編為戲劇較前三篇容易，因為它本身有故事、眾多人物和對白；它的三個詩節就像三個場景一樣，和戲劇的藝術特質非常配合。

這個劇場的主要意象是白色，目的乃呈現反諷；二嬤嬤以外的劇中人越是自我感覺良好，觀眾對他們就越憤怒。於是，每一幕都以一個白色的意象為重心：白果、白雪、白花。[2] 筆者的靈感來自原著中天使無情的嬉笑玩弄；雖然她們口中每樣東西都是白色的，卻不是二嬤嬤生活中最需要的食品——白鹽。因此，戲劇的主要衝突是二嬤嬤想要那卑微的東西，但她無論怎樣哀求，一生也求之不得。最後她唯有以自己的生命結束這場衝突，但衝突真的結束了嗎？荒野墳頭仍有眾多聲音在空中飄蕩，就像〈兵車行〉的孤魂野鬼在鳴叫，充滿強烈諷刺的效果。

劇場保持原著最重要的回音——「鹽呀，鹽呀，給我一把鹽呀！」。這既是音響效果，更是主題旋律。窮人的悲音一而再，再而三響徹世間，卻無人理會。本劇場緊扣聲音和榆樹的意象，天使在二嬤嬤上吊的榆樹聽到聲音，她們聽到的不是窮途末路者的悲音，而是快樂的人間讚頌聲。

2　「白果」語帶相關，既指榆樹果實，也指天使所施與的沒有結果，對二嬤嬤毫無用處。

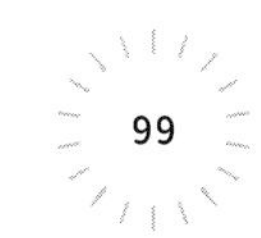

戲劇在兩處填補了詩歌的細節：1. 鹽務大臣的駱駝隊在海邊走着；2. 杜斯托也夫斯基現身，但他「壓根兒也沒有見過二嬤嬤」。第一個場景不外乎是大官謀取私利，不顧民生疾苦，因此較易處理；第二個場景涉及超現實的手法和寓意，可以有不同的解讀，因此比較難寫。筆者選擇其中一個意思來解讀——二嬤嬤的痛苦之大，絕非筆墨所能形容。

四、生命關懷

一些在城市人看來廉價、微不足道、理所當然的東西，例如鹽巴、清潔食水、基本維生的食物等，對世上很多人而言，卻是遙不可及的東西。這些人生活在極端貧困的山區、荒漠、農村、貧民窟、邊境地區之中，要顧及基本生存已不容易，更遑論其他東西。

全球貧富懸殊，大部分財富流向世界人口頂端的少數人手上，令貧者越貧，富者越富（Alvaredo，頁 7）。天災、經濟疲弱、資源分配不均、政策失誤、內戰、貪腐、性別和種族歧視，加上 2019 年爆發的冠狀病毒疫情，令貧富差距進一步擴大。再者，貧窮家庭無法負擔孩子唸書的開支，失學又使孩子不能改善生活，於是世代貧窮就像無法擺脫的厄運一樣，無法中斷。聯合國把每年 10 月 17 日定為「國際消除貧窮日」（International Day for the Eradication of Poverty），盼望提高滅貧意識，令全球可實現持續發展。大家唯有努力朝這個目標邁進。

再看看自己身處的社區，香港是個高度發達的城市，富麗堂皇，但貧富差距在世界名列前矛，2016 年的堅尼系數

(Gini coefficient) 高達 0.539。根據香港政府出版的《2019 年香港貧窮情況》，香港人口中有 15.8% (109 萬) 生活在貧困中；長者的貧窮率更高達 32%，即每三個 65 歲以上的長者，就有一個活在貧窮線以下 (頁 viii、27)。這一連串觸目驚心的數字告訴我們，不能漠視基層生活的困苦，尤其那些低收入戶、勞工婦女、新移民、失業者、外傭、殘障者等弱勢群體。許寶強指出，他們並非懶惰或甘於貧窮，而是很多社會結構的運作對他們造成限制，例如工時比一般人長卻得不到應有比例的報酬、小販不許在街上擺賣、環境設施不利殘障者等因素，令他們收入匱乏 (頁 48)。此外，婦女為兼顧家庭，不得不做一些零散、酬勞被壓低的工作 (黃洪，頁 89)。其實這就是不公平。龍應台的〈玉蘭花〉寫出基層婦女的悲劇，她們到晚年仍要做體力勞動的粗活。

學校老師或圖書館可以推介以下的書籍，和學生一起閱讀、討論：

繪本

- 《想當媽媽的克蕾特》(*My Name Is Collette*)〔貧困與飢餓〕
- 《紙箱裏的人》(*The Cardboard Man*)〔街頭露宿者〕
- 《世界中的孩子 1：為什麼會有貧窮與飢餓？》(*Children in our World 1: Poverty and Hunger*)〔反思貧窮問題〕
- 《市場街最後一站》(*Last Stop on Market Street*)〔反思貧窮問題〕

- 《我吃拉麵的時候》
  （ぼくがラーメンたべてるとき）
  〔世間孩子的苦難〕
- 《世界貧窮：我們不是因為懶惰》
  （*세계의 빈곤，게을러서 가난한 게 아니야！*）
  〔貧窮探究〕
- 《來自遠方的孩子》〔李家同故事繪本〕
- 《風吹過，粟米田》〔貧窮與糧食公義〕
- 《神奇小盒子》〔貧窮與住屋問題〕

小說及其他

- 《垃圾男孩》（*Trash*）
- 《便當尋人啟事》（*The Tiffin*）
- 《馭風男孩》（*The Boy Who Harnessed the Wind*）
- 〈玉蘭花〉〔出自《龍應台的香港筆記》〕
- 〈一塊乾淨雪白的布〉〔出自《龍應台的香港筆記》〕

五、總結

現實似乎令人沮喪，因為只要人的欲念、自大、貪婪、愚昧不息，加上既得利益者昏睡，貧窮就幾乎不可能絕跡。如果白色的意象代表光明，其本質卻是渾濁的，那它能夠驅走黑暗嗎？每一代、每個地方都有二嬸嬸，我們只能減輕她們的痛苦，並且減少這類事情發生。

劇中的二嬸嬸已經失明，我們則從旁觀看這台戲。原來「看見／看不見」又是另一個巨大的意象。最震撼我們的是以下問題：我們是誰？我們看到二嬸嬸嗎？看到街上推車的彎腰老婦嗎？看到後又如何？我們的身分可以是旁觀者、決策者、官員、宗教人士、非牟利組織者、作家、老師、學生等，問題是我們有否真正看到貧窮者的需要？當中既有人視而不見，也有人以為看見卻給予毫無用處的幫助，或只留下幾聲嘆息，更甚者嫌棄二嬸嬸這類人，視之為社會的負擔。〈鹽〉的諷刺藝術給我們帶來極大的震撼與反思；我們不只朗讀詩歌，更要透過閱讀和戲劇演出自省、切身感受，真誠地與那些弱勢無依者同行。

朗讀劇場

白色世界

角色

二嬷嬷，清末農村婦女
杜斯托也夫斯基（Fyodor Dostoevsky, 1821–1881）
天使甲
天使乙
鹽務大臣（清朝）
隨從
革命黨（民國）
野狗
禿鷲
敍事者

演出時間

8 分鐘

舞台佈置

主要人物二嬷嬷、天使、杜氏站在前排。第二幕時，鹽務大臣和隨從可踏前，說畢退後。第三幕時，野狗和禿鷲可踏前，說畢退後。

最後一幕，後排演員背着觀眾，和應二嬷嬷說：「鹽呀，鹽呀，給我一把鹽呀！」

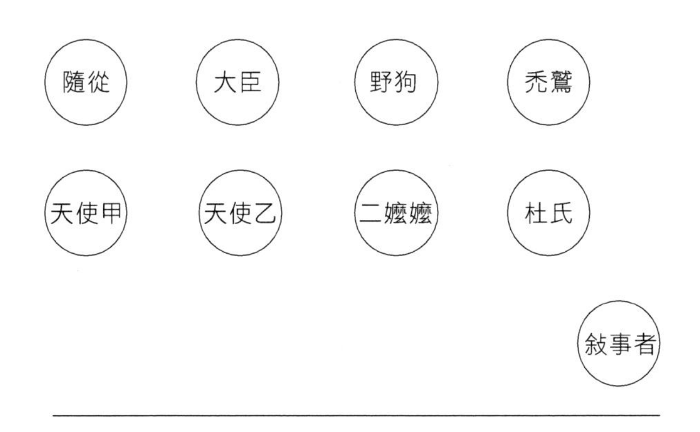

第一幕　白果

敘事者：寒冬一走，大地回春，天使在榆樹上快樂歌唱。俄國小說家杜斯托也夫斯基埋首創作，這時他放下筆，深深呼一口春天的氣息。

杜　氏：我寫《罪與罰》和《卡拉馬助夫兄弟》，就是要呈現人靈魂深處的善惡掙扎，希望讀者能夠正視生命的悲喜和痛苦。（吐一口氣）看看窗外，冬去春來，人間還有生氣，不盡是絕望深淵。

二嬷嬷：（抬頭；雙手摸着空氣。聲音絕望）什麼退夫斯基？沒見過！我只想要吃的東西。鹽呀，鹽呀，給我一把鹽呀！我們村今年失收，什麼菜什麼豆莢也沒一條，真的無法生活下去。

天使甲：（心情輕快，哼着音樂）啦……啦啦。榆樹花淡綠又帶點紫，很美呀。豌豆開不開花，也沒關係吧。總之，看到漂亮的花就可以了。

天使乙：你飛過來看看。這裏的榆樹果實小巧可愛，扁扁圓圓的，像一串白色小錢。

天使甲：（拿起一串榆樹果子）二嬷嬷，這些榆錢給你買東西。（撒下去）好玩啊！

天使乙：（拍掌）小果片在風中飛舞，好看極了。

第二幕　白雪

敍事者：海邊風光明媚。鹽務大臣順利把鹽包裝妥當，現在和他的隨從把貨物運往京城。駱駝隊緩緩前行，這條路和二嬷嬷的住處相距遠達七百里。

大　臣：（得意貌，拱手）託聖上洪福，今年的鹽產充足。

隨　從：對，國泰民安。（悄聲）大人辦理鹽務成功，庫房財源廣進，皇上一定厚厚賞賜大人。

大　臣：哈哈！當然當然。

二嬸嬸：有沒有人到海邊？求求你們，拿些鹽給我吧。

隨　從：大人，今年鹽商要貨時我們應該給怎樣的價錢？

二嬸嬸：（腳有點拐）我裹了腳，又看不見東西，實在沒有能力到海邊買鹽，太遠了！（伸手向前摸）海藻是怎樣的？我從來沒見過。

大　臣：記得提高些價錢。哈哈，白花花的銀子……

二嬸嬸：鹽呀，鹽呀，給我一把鹽呀！

天使甲：（從天空飛過，嬉笑貌）二嬸嬸，偷錢不夠用嗎？

天使乙：我手上有雪，都是白色的。（潑出）嗨，送一些給你！

第三幕　白花

敘事者：（歡呼聲）1911年武昌起義成功，革命黨推翻腐敗的滿清皇朝，中國人應該能過上好日子了。然而，這時候二嬸嬸走到榆樹下，用自己的裹腳帶套在頸上。四周的野狗和禿鷹虎視眈眈。

革命黨：民族、民生、民權！（舉拳）革命成功，大家繼續奮鬥。

二嬸嬸：（雙手在空氣摸索）什麼也找不到！我已很久沒吃東西了，實在無法活下去。不要負累家人，這……就好了。（腳帶一勒，張口斷氣。慢慢背轉身。）

野　狗：真好，有骨頭吃。可惜肉太少。

禿　鷲：你看清楚吧，附近還有許多我們的食物，不只二嬤嬤呢！

野　狗：好好，盡情吃吧！

二嬤嬤：（仍然背轉身。聲音抖顫）鹽呀，鹽呀，給我一把鹽呀！（略停頓，後排眾演員同時和應）鹽呀，鹽呀，給我一把鹽呀！（略停頓，眾演員聲音越來越小）鹽呀，鹽呀，給我一把鹽呀！

革命黨：（嚴肅）民國新氣象，一切鹽務如常。

天使甲：你有否聽到榆樹下好像有些聲音？

天使乙：（側耳）什麼聲音？你指整齊的口號？

天使甲：是啊，人間換了面貌。看，今年的豌豆差不多完全開花。

天使乙：多漂亮，像鹽一樣白。

杜　氏：我已寫盡苦人的心，表達世間受折磨的靈魂。我應該沒有遺憾吧。（踏前，望向觀眾）你們說對嗎？

延伸活動

一、簡單問答

1. 二嬤嬤見過杜斯托也夫斯基嗎？她把他的名字錯叫成什麼？

   沒有。退夫斯基。

2. 二嬤嬤的身體有何缺陷？

   盲眼、小腳。

3. 二嬤嬤説得最多的是哪一句話？

   鹽呀，鹽呀，給我一把鹽呀！

4. 第二幕中，你認為鹽務大臣和隨從有否聽到二嬤嬤的呼喊？

   沒有，因為對答不銜接。

5. 為什麼劇場安排野狗和禿鷲在第三幕中説話？

   為了表達二嬤嬤瘦得只剩下骨頭；死的人多；野狗凶禽象徵惡者不仁。

二、深入討論

1. 貧窮問題

(1) 二嬤嬤家為何如此窮困？

農作物失收、官員腐敗。

(2) 革命成功，社會情況有否改善？

表面稍有改善，如碗豆花開。事實上那些革命者、新上場的政客也只顧自己的利益，對貧窮人的悲哀視而不見。

2. 白色的意象

(1) 劇中有什麼是白色的？

鹽、榆樹果實、雪、豌豆花、天使的白袍。

(2) 你怎樣看這個白色世界？

與二嬷嬷悲苦的黑色世界成為強烈的對比。

(3) 白色世界的人心態如何？

他們殘忍、冷漠、無情，卻又自我感覺良好。作者運用了反諷的手法。

3. 劇中人物

(1) 為什麼西方宗教中的天使會出現在這首中國詩裏？

這是否不協調？天使出現有兩層用意，表達出：一、在上者偽善，沒有憐恤；二、窮苦人家的境況絕望得沒有任何宗教可以拯救他們。

(2) 為什麼俄國作家杜斯托也夫斯基出現在清末民初的故事中？這是否不協調？

他的出現為表達二嬷嬷至深的悲哀，絕望得連人道主義作家也寫不出來（劇場用「看不見」表達）。

4. 賞析：你認為全劇哪個片段最沉痛？為什麼？

很多聲音傷逝在風中。無助者深切、普遍的哀音，像永恆的苦難。由此我們思考到世上不斷上演因戰爭、貪腐、天災、貧困等造成的人間悲劇。

三、超現實劇場

超現實主義（Surrealism）乃 20 世紀初深受心理學影響的藝術思潮，強調表達如夢中的想像力，故所呈現的東西不受意識的約束（Harmon，頁 464）。超現實主義的藝術家喜歡把表面不相干，但富象徵意義（symbolic）的東西拼在一起，以此激發潛藏內心的思想感情。顧乃春指出，超現實劇場着重人的潛意識活動，故劇場滲入許多非戲劇成分，如特技、雜耍、音樂、舞蹈、幻想等元素，與現實場景夾雜在一起（頁 51）。藝術家認為這樣的面貌比現實所見的更為真實。

1. 全班分為五組，各有分工，以現代主義的拼貼（collage）方式演繹〈鹽〉的劇場。透過不同視覺、聽覺效果的衝擊，令觀眾跳出原有的框架，重新思考問題。

2. A 組同學站在舞台一邊，負責小組朗讀（choral reading），可以用不同層次、方式如合誦、獨誦、男聲、女聲等，表達詩歌的情感。以「鹽呀，鹽呀，給我一把鹽呀！」為例，首二節可由女聲獨誦，第三節則可多人合誦。

3. 其後，B、C、D 三組同學分別以形體演出三節詩歌；也可考慮 A 組每朗讀一節後，別組就以形體演出。此外，演出方式有異於一般自然、具邏輯的寫實表演，要像非人（nonhuman）表演一般，例如舉止猶如機械或木偶、戴上面具、表達富象徵意義的舞蹈或動作。演員也可以發出獨特、詭異的聲音。關鍵是如何塑造人物？找到什麼強烈的意象？想要帶出什麼信息？例如，舞台放大二嬤嬤黑暗、空洞的瞳孔，內裏呈現出種種夢魘的景象。

4. E 組播放 Bob Dylan 的歌《風中飄蕩》（Blowin' in the Wind, 1962），同學要花心思令小組朗讀和形體演出互相協調；或於劇場後展示世界各地天災人禍的圖片，加上配樂，以喚起同學對世間苦難的關懷。

5. 劇場後老師與學生互相交流，並邀請學生寫下劇評。

四、閱讀與寫作

1. 瘂弦的詩歌〈乞丐〉(1957) 和〈坤伶〉(1960) 也描寫底層人物的辛酸。你能把乞丐、坤伶、二嬤嬤放在一起，編寫新的劇場作品嗎？

2. 百年前的北方農婦二嬤嬤會在今天繁華的香港出現嗎？試閱讀龍應台〈玉蘭花〉，然後寫下回應。題目自訂。

3. 繪本《如果世界是 100 人學校》(樂施會，2019) 把世上不公平的數據與現象濃縮於一所學校的場景中，讓人一目了然。試閱讀之，並代入其中一個角色 (小康、阿邦、美智、文仔、芳芳)，然後寫下你的感受。

參考書目

王禎和。《嫁妝一牛車》。台北：遠景出版，1976。

白靈。〈鹽：模糊在歲月中的臉孔〉。載於《風華：瘂弦經典詩歌賞析》。台北：秀威出版，2019。頁 41–49。

余光中。〈天鵝上岸，選手改行：淺析瘂弦的詩藝〉。載於《從杜甫到達利》。台北：九歌出版社，2018。頁 175–183。

香港特別行政區政府。《2019 年香港貧窮情況報告》。香港：香港特別行政區政府，2020。

許寶強。《限富扶貧：富裕中的貧乏》。香港：香港中文大學香港亞太研究所，2010。

陳義芝。〈鹽〉。載於《不盡長江滾滾來：中國新詩選注》。台北：幼獅文化，1993。頁 214–217。

黃洪。《「無窮」的盼望——香港貧窮問題探析》。香港：中華書局，2015。

瘂弦。〈鹽〉。載於《瘂弦詩集》。台北：洪範書店，2010。頁 60。

瘂弦。〈乞丐〉。載於《瘂弦詩集》。台北：洪範書店，2010。頁 62。

瘂弦。〈坤伶〉。載於《瘂弦詩集》。台北：洪範書店，2010。頁 144。

鍾玲。〈瘂弦筆下的三個人物〉。載於《文學評論集》。台北：時報文化出版，1984。頁 152–165。

樂施會。《如果世界是 100 人學校》。香港：亮光文化，2019。

龍應台。〈玉蘭花〉。載於《龍應台的香港筆記 @ 沙灣徑 25 號》。香港：天地圖書，2006。頁 98–101。

龍應台。〈一塊潔淨雪白的布〉。載於《龍應台的香港筆記 @ 沙灣徑 25 號》。香港：天地圖書，2006。頁 172–174。

顧乃春。〈超現實主義派的劇場〉。載於《現代戲劇論集》。台北：心理，2007。頁 47–53。

Alvaredo, Facundo, et al. *World Inequality Report 2018*. Paris: World Inequality Lab, 2018.

Fijalkowski, Krzysztof and Michael Richardson. *Surrealism: Key Concepts*. London & New York: Routledge, 2016.

Harmon, William. *A Handbook to Literature*. Boston: Longman, 2012.

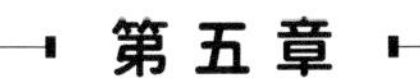

第五章

〈海星〉

陸蠡

陸蠡（1908–1942）的散文清新雋永，饒富哲理。所謂文如其人，〈海星〉（1933）這篇短文，讓讀者了解陸蠡的風格和意念，是欣賞其作品的一把鑰匙，它亦猶如作者自身短暫卻高尚的生命寫照。[1] 陸蠡也是一名提燈者，以美善照亮別人。

一、原著特點

〈海星〉

陸蠡

孩子手中捧着一個貝殼，一心要摘取滿貝的星星，一半給他親愛的哥哥，一半給他慈藹的母親。

1　據資料顯示，陸蠡為保護出版社的書，也不願說出違背良心的話，最後給日軍殺害（秦賢次，頁 246）。此外，陸蠡友人指他熱愛文學與寫作，亦好天文，尤喜觀星（唐弢，頁 221）。

他看見星星在對面的小丘上，便興高采烈地跑到小丘的高頂。

原來星星不在這兒，還要跑路一程。

於是孩子又跑到另一山巔，星星又好像近在海邊。

孩子愛他的哥哥，愛他的母親，他一心要摘取滿貝的星星，獻給他的哥哥，獻給他的母親。

海邊的風有點峭冷。海的外面無路可以追尋。孩子捧着空的貝殼，眼淚點點滴入海中。

第二天，人們發現了手中捧着貝殼的孩子的冰冷的身體。

第二夜，人們看見海中無數的星星。

這篇散文極富詩意，如童話般夢幻、濃縮、富象徵意義。

作品重複主題旋律，篇中三次提到孩子的親人：「一半給他親愛的哥哥，一半給他慈藹的母親」、「孩子愛他的哥哥，愛他的母親」、「獻給他的哥哥，獻給他的母親」。對親人的愛是主角一心一意摘取滿貝星星的最大動力。

〈海星〉意象豐富，由天上的星，到整個摘星行動都充滿寓意，那是一種不懈的尋覓。最後，題目訂為「海星」，表示孩子追求的東西已非高不可攀。那些散滿在海上的星星，是大家都可以親近、看見的。

二、主題探討

作品可以從多角度演繹：傻孩子的夢想？固執的堅持？無望的追求？故事中摘星行動看似失敗，孩子死去；他無論怎樣努力，也得不到滿貝的星星。然而，作品峰迴路轉，在孩子最失望、傷心的時候，眼淚落入大海，化作無數星星。這「無數」的星星，不單屬於孩子的媽媽和哥哥，更是許多人的禮物。

精誠所至，金石為開。人至誠的愛與付出是有回報的。

三、改編為戲劇

〈海星〉文字淺白，但寓意豐富。這星夜，是孩子追尋理想之夜，劇場要引領觀眾走這一程路。首先，改編為戲劇時，要保留其童真、夢幻的格調，所以劇本用字力求淺易，富於詩意。此外，也因戲劇需要，增設人物對白，故把死物如貝殼、星星擬人化，而且角色的對答純真，如此就能配合童話的情調。若加上《Twinkle, Twinkle, Little Star》的音樂，更能增加可愛的效果。

其次，要強調孩子堅持不屈的過程。整個劇場的主線是摘星，為心中所愛而努力，因此第二幕十分重要，孩子跑過一山又一山，最後到達海邊。本作有強烈的戲劇衝突：無論他怎樣追求理想，卻始終波折重重，達不到目標。

全劇四幕是有機體，前兩幕「天上的星星」和後兩幕「孩子流進海中的眼淚」、「海上無數星星」連成一線；劇本要把詩歌的含蓄之處具體點明出來。故此，第二幕末貝殼的對話非常關鍵：「你的眼淚滴在我身上，也流到海中。別哭，星星知道了」。這樣，觀眾能夠掌握情節的因果關係，整個戲劇的線索就完整了。

四、生命關懷

為愛而活、為理想不惜付出，這是多麼美麗的生命！這令人聯想到很多美麗的人物，例如林肯（Abraham Lincoln, 1809–1865）、甘地（Mahatma Gandhi, 1869–1948），與為所愛的藝術燃燒一生的梵高（Vincent van Gogh, 1853–1890）。林肯本着基督的愛，不想蓄奴這剝削的制度滋長，為民族的仁愛、正義奮鬥；甘地執着人權平等、非暴力理念，反對歧視和專制的殖民統治，為民族的自由獻上一生；畫家梵高繪畫無數，卻不為人賞識。他的名作「星夜」（*The Starry Night*, 1889），只見大星小星如滾動的金球，夜空充滿奇幻與激盪，發自作者強烈的生命感受，為世人留下不朽的藝術。

中國文化方面，我們想起屈原（約公元前 340–278）。他的理想是幫助君主好好治理楚國，可惜事與願違。他不單無法伸展抱負，更因小人進讒而遭君主流放至偏僻之地，最後投江，以死明志。《離騷》表達其正直不阿的性格，記載兩次充滿寓意的遠遊，「路漫漫其修遠兮，吾將上下而求索」，中間經歷重重險阻，最終也未能達到目的，令他十分憂傷。但這「追尋」(quest) 乃理想者的必然經歷，既是成長之路，亦是生之意義所在。詩歌《楚辭》蘊含屈原高潔的精神和瑰麗的藝術想像，是中國文學的寶藏。

上述的人物雖死猶生，化作海上無數星星，激勵我們勇敢去愛，追求真善美。有時候未必馬上看到效果，但精神力量更能存留長久。

五、總結

〈海星〉表面上是童話，是帶有哀愁的散文詩，細細分析體會下，方才發覺它充滿哲理和力量。編劇嘗試透過劇場，把濃縮的信息轉化為具體清晰的說話和行動，使觀眾更容易掌握作品的意思。

參與這個摘星旅程的，除了主角的孩子外，還有他的媽媽和哥哥、以及後來的觀星者。星星不是冰冷地在上空俯視，從遠距離看眾生，而是充滿光與熱；它們屬於理想的追尋者。不管成敗與否，追尋者就是會堅持下去。雖然過程不容易，也經歷許多考驗，但最後還是有回報的。因此，這個劇場的作者、演員、觀眾也是觀星者，感受到星星的光芒，以及原著所傳遞的熱力。

朗讀劇場

這星夜

角色

孩子

媽媽

哥哥

星星

貝殼

居民甲

居民乙

敘事者

演出時間

6 分鐘

舞台佈置

第一幕　心願

敍事者：孩子在沙地看見一個有漂亮紋理的大貝殼，他高興得愛不釋手，輕輕撥開上面的細沙。夜了，星星在上空閃耀，孩子仍在沙地流連忘返。

孩　子：（讚嘆貌）這個別緻的貝殼可以放些什麼東西呢？這樣，它就會更美麗。（停頓，抬頭）啊，原來這麼晚了，多燦爛的星星，像天上的螢火蟲飛舞在一起。如果把星星放進來多好，這是獨一無二的貝殼星。（微笑）我將會……

（播放《Twinkle, Twinkle, Little Star》的音樂，聲量漸漸變小）

哥　哥：弟弟，你出去很久了，還沒有回來。

媽　媽：快點回家吃飯吧。

孩　子：當然是送給我所愛的媽媽和哥哥。星星分為兩半，一半給媽媽，一半給哥哥。他們一定十分驚訝，問我為什麼有這樣美麗的禮物？

第二幕　不捨的追求

敘事者：孩子深深呼一口氣，帶着笑容向前奔跑，越過一個又一個山頭。

孩　子：星星啊，你是不是在前面的小丘上？

星　星：你找我們嗎？我們在很高的地方呢。

孩　子：不在小丘上，那麼我再往高處跑。

星　星：孩子，我們住的地方比山嶺更高。

孩　子：（喘氣）我已經到了山嶺，是不是更接近你們呢？

第三幕　全心奉獻

敘事者：孩子奔到海邊，慢慢停下來，向上仰望。夜深，海風有點冷，吹得孩子微微發顫。面對茫茫大海，前面沒有可走的路了。

孩　子：媽媽，哥哥，我要把星星獻給你們。如果你們看到滿載星星的貝殼，一定十分歡喜。

哥　哥：弟弟，我愛你，喜歡和你一起玩耍，一同成長。

媽　媽：孩子我愛你們，你們是我生命中最寶貴的東西。

孩　子：(流淚) 前面沒有路，怎麼辦呢？

貝　殼：你的眼淚滴在我身上，也流到海中。別哭，星星知道了。

第四幕　海星

敍事者：孩子一直站在海邊。第二天，附近的居民發現有個孩子手中捧着貝殼，身體卻已經變得冰冷。

居民甲：為什麼有小孩子在這裏？他手裏緊緊握着一個漂亮的貝殼。

居民乙：他的身體向着大海。

居民甲：啊，看到嗎……(望向前方，驚嘆貌) 海上有無數的星星，實在太壯觀、太美麗了！

居民乙：無數的星星閃着光芒，我看到了。

延伸活動

一、簡短問答

1. 孩子最大的心願是什麼？為什麼？
   孩子想把滿載星星的貝殼送給媽媽和哥哥，因為這是美麗、獨一無二的禮物。
2. 孩子追星的過程順利嗎？
   不順利，因為星星太高，他一直往高處奔跑也觸摸不到。
3. 孩子為什麼流淚？他的眼淚到了哪裏？
   前面沒有路。孩子的眼淚滴到貝殼，也流到海上。
4. 最後，居民看到什麼奇景？
   居民看到海面有無數的星星。

二、深入討論

1. 你會否認為孩子的追星行動很傻？
   不會，孩子只是全心全意付出愛。
2. 他的心願最後是否成功？
   成功，星星終於「走下來」，讓人能夠近距離欣賞。
3. 由天上到海上，這「海上無數的星星」有何象徵意義？
   它象徵夢想、理想。
4. 為什麼這個劇場配上《Twinkle, Twinkle, Little Star》的音樂？
   營造童話的感覺和氣氛，表達星空的奇妙。

5. 你認為原文有什麼關鍵字眼？劇本能否表達這些字眼的神髓？

   原文多次提及孩子、他所愛的媽媽和哥哥、所追求的星星；還有「一心」這個副詞。

6. 這個作品令你聯想起什麼人物或故事？

   屈原、林肯、甘地、馬丁路德．金等人物。2003 年香港的謝婉雯醫生，因救人而感染沙士病毒殉職。

三、戲劇活動

1. 加插第五幕。七位演員一字排開，次序如下：

   居民甲、星星、媽媽、孩子、哥哥、貝殼、居民乙

   角色由左至右，輪流說幾句話；孩子是最後的說話者。即是媽媽說話後，跳過孩子，讓哥哥先說；孩子深情看着媽媽和哥哥。

2. 你會把第五幕定為什麼題目呢？

3. 獨白劇：全班分為七組，每組為所屬的角色寫下獨白台詞，然後派代表演出。請注意，獨白並非敘述故事，那個代表需要表現出角色深刻的感情和思想。

演員	心聲
居民甲	
星　星	
媽　媽	
哥　哥	
貝　殼	
居民乙	
孩　子	

4. 形象劇場：全班分為四組，每組設計一個定格（still-image）畫面，表達第一至四幕各幕的精粹，猶如四幅連貫的戲劇構圖，呈現出故事的主題。

四、閱讀與寫作

1. 寫作題：以「我的海星」為題寫作。你的夢想和理想是什麼？試同樣以「海星」為意象表達出來。

2. 繪畫活動：畫出《這星夜》中令你印象最深刻的一幕，並配上簡潔的文字。

3. 陸蠡既有寫實的作品，滿載童年和生活回憶，也有空靈虛幻之作；他曾跟夢、寂寞、死神對話，亦曾飛向茫茫神秘之境。作品中的人物乘過貝舟遊於宇宙之海（〈貝舟〉）、坐過氣球飛向「光」（〈光〉），還展開過摘星之旅（〈海星〉）。你怎樣看這些旅程？

4. 閱讀林肯、甘地、梵高的傳記，他們的生命給你什麼啟示？

參考書目

秦賢次。〈崇高的靈魂：散文名家陸蠡〉。載於《陸蠡散文集》。秦賢次編。台北：洪範書店，1979。頁 236–248。

馬茂元。《楚辭選註》。香港：中流出版社，1973。

唐弢。〈聖泉紀念〉。載於《陸蠡散文全編》。熊融編。杭州：浙江文藝出版社，1995。頁 221–223。〔此文寫於 1946 年〕

陸蠡。〈海星〉。載於《陸蠡散文集》。秦賢次編。台北：洪範書店，1979。頁 4。

陸蠡。〈貝舟〉。載於《陸蠡散文集》。秦賢次編。台北：洪範書店，1979。頁 25–29。

陸蠡。〈光〉。載於《陸蠡散文集》。秦賢次編。台北：洪範書店，1979。頁 30–32。

基督教敬拜會編。《雨後彩虹：陳謝婉雯醫生紀念集》。香港：基督教敬拜會，2003。

Stone, Irving（伊爾文・史東）. *Van Gogh: Lust for Life*（梵谷傳）. 余光中譯。台北：九歌出版社，2009。

附錄

Twinkle, Twinkle, Little Star

Twinkle, twinkle, little star, How I wonder what you are!
Up above the world so high, Like a diamond in the sky.
Twinkle, twinkle, little star, How I wonder what you are!

When the blazing sun is gone, When he nothing shines upon,
Then you show your little light, Twinkle, twinkle, all the night.
Twinkle, twinkle, little star, How I wonder what you are!

Then the traveler in the dark, Thanks you for your tiny spark,
He could not see which way to go, If you did not twinkle so.
Twinkle, twinkle, little star, How I wonder what you are!

第六章

〈我們的村落〉

龍應台

〈我們的村落〉是龍應台（1952–）演講集《聆聽》裏的一篇文章，對象是出席 2011 年香港大學醫學院畢業禮的師生。這年，適逢香港大學創校百年，她勉勵師生繼承前人的優良傳統，好好反思，造福人類社區。本篇章內涵豐富，涉及醫療史、中國現代歷史、人物傳記，故對閱讀者和改編者都是很大的挑戰，要花時間掌握背景資料。

一、原著特點

〈我們的村落〉是演講辭，有特定的場合和對象。龍應台貫徹其人文關懷的信念，提出醫科生不只要在專業上出類拔萃，更應該是有社會承擔、充滿關懷和熱情的人（頁158）。她希望從醫者能反思自己的角色，除了過優裕生活，擁有在社會令人羨慕的職業外，也可以利用這樣的身分憐恤和幫助社會不幸者，成就高尚的品格。

為了使演講生動有趣，講者運用「小故事」的技巧，加插自身的童年經歷、白文信（Patrick Manson）醫生的故事，還有孫中山求學和魯迅父親患病的片段。這些小故事例證，既支持論點，也能打動聽者的情緒。

題目「村落」是意象，既指身處的環境，也指整個世界。這村子是「我們的」，在全球化的年代，各個地區的人民命運相連，一地有疾病感染，病毒迅即散布全世界；各種空氣、海水污染亦如是。若妄顧他人，只顧自己的利益，最終只會令大家受害。

二、主題探討

先賢的腳蹤令人景仰。龍應台指出「目光如炬者，革新了教育制度；行動如劍者，改造了整個國家」（頁 162），他們所做的事，影響深遠。然而，那些歷史偉人不是讓我們回顧過去，而是告訴我們，每一代人都可以作夢，可以挑戰，可以投入，可以奉獻，可以追求。他們並非高不可攀，這些事亦非醫生才能做到。每個人的微小決定和行動，都足以匯聚成理念，而理念使全世界變得不一樣。

三、改編為戲劇

這次改編的最大挑戰是，演講辭只有演講者的聲音，內容則包含各樣零碎、不同年代的小故事。但戲劇要有主線貫串情節，每個場景都不能散開，而且戲劇是群體演出，不能只有龍應台獨自在台上演講。於是，筆者大刀闊斧，放棄演講者和聽眾這個環節，選擇以習醫和從醫者的心路歷程為故事主線。

演講辭的主角為白文信醫生，透過他生平的小故事展示其胸襟與目光，以為醫科生的楷模。從戲劇而言，這條線過於單薄，因此需要加插更多白文信的事蹟，豐富情節和情感。此外，也需增設更多人物如孫中山、魯迅、王醫生，用以互相對答、襯托。他們四人都是本劇場的主角。白文信、孫中山、魯迅生於同一時代，且有關連，較易整合，但王醫生晚生半世紀，且身處台灣，那該如何處理？筆者以仁者之心為主要思路，把他們四人連結起來。

此外，重複對白在劇場裏也是技巧，例如某人說了一句話，另一個人雖然身處不同的時空，但一接上話就重複同一句話，作為自己思想的一部分。這樣既令情節緊湊，也能突出劇場的主題——讀醫、行醫者一致有崇高的心靈，他們解救病患的痛苦，並真正關心其需要。最後，香港醫科生的角色既串連故事，亦與觀眾一起反思自己生命。

四、生命關懷

醫療和教育一樣，是整全的關顧，並非治好某個病，或教導了某種知識就算完成職責。其實每位病患者來到醫生面前都非常困苦，除了肉體上的痛楚，更充滿負面情緒和思想。從事醫護工作者，必須對這方面敏銳，如此醫生、病人才能建立互信，療效亦會事半功倍。因此，不論是小國手、大國手、小鎮醫生或公共醫院的醫護人員，都要對人抱持這份愛心與關懷。

愛與關懷是我們嚮往的價值觀。環顧世界，先進國家和大城市有良好的醫療系統和社會福利制度，但更多地方的人在生死與絕望的邊緣掙扎。貧窮和疾病好像雙生兒，造成惡性循環。只要有一家庭成員患病，就會成為整個家庭的經濟負擔；越貧窮就越容易營養不良、飲用不潔的食水、感染疾病，最後痛苦離世。

除了經濟的因素，還有戰亂和天災。全球因逃難、饑荒、水災、疾病（例如霍亂、愛滋、麻疹、伊波拉、結核、肝炎、2019冠狀病毒），死者無數，這還未計算那些暴力下的倖存者、肢體傷殘者、受害的孕婦和兒童。[1] 這一幅又一幅慘絕人寰的圖畫，令人悲慟，無法置身事外。

五、總結

「醫治」(Healing) 其實是個意象，既指醫治肉身的病痛，也指醫治社會或人性的惡疾。一個人無論其專業為何，若他因生命有這方面的感召，一往無悔，就是非同凡響，值得尊敬。因此，白文信、王醫生、孫中山、魯迅同樣令人肅然起敬。他們都是熱情屬世的人，為解救別人的困厄，不斷付出。

這類人在世界屬於少數，因此他們在追求理念的過程中，要抵抗庸俗社會的黑暗，必然碰到很多艱難和挫折，但他們仍然願意秉持良知和愛心，堅持下去。雖然我們未必像他們那樣不平凡，但只要我們受到他們激勵，每走出一小步，也能匯聚成力量，改變世界，燃點希望。

1　詳見2021年「無國界醫生（香港）」網站（https://msf.hk）及其刊物《無疆》。

朗讀劇場

醫者心

角色

白文信（1844–1922）

何啟（1859–1914），基督徒華人醫生、律師、慈善家

孫中山（1866–1925）

魯迅（1881–1936），原名周樹人，作家

王醫生，台灣小鎮醫生

香港醫科生

藤野嚴九郎，仙台醫學專門學校老師

英國官員

小明

小明媽媽

老師

婦人

敘事者

演出時間

20 分鐘

舞台佈置

開場時王醫生、小明、媽媽在前排中央，老師、何啟、醫科生站在旁邊。其他人在後排。

下圖展示本劇最後一幕，主角和配角在舞台的位置。

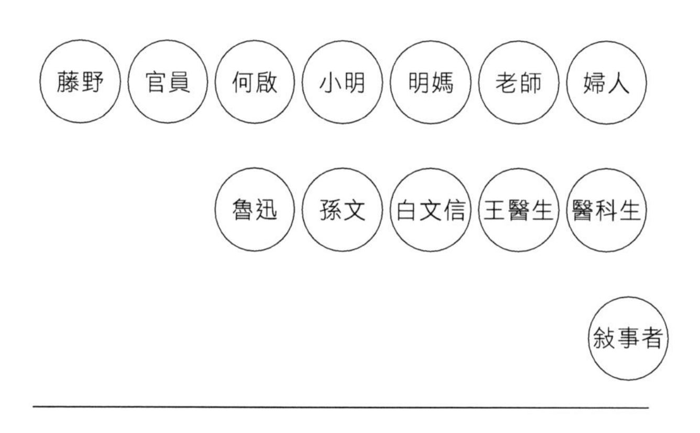

第一幕　貧者不得治

敘事者：第二次世界大戰 (1939–1945) 後，經濟蕭條，貧窮人更困苦。那時醫學不及今天進步，患病者難以得到適當的治療，這個情況在亞洲地區十分普遍。試看 60 年代台灣一個小鎮的情況……

小　明：我肚痛腹瀉（不斷嘔吐）。媽媽，我很辛苦。

媽　媽：（憂心）阿明，你怎麼了？不要嚇壞媽媽。現在快些把你送去醫院。

王醫生：這是霍亂病。（搖頭嘆息）三星期以來第十宗了。他們窮苦人家吃的東西不清潔。唉，這個孩子脱水的情況嚴重，沒得救了。

媽　媽：孩子……（悲傷流淚）。

老　師：（沉痛）各位同學，我們班有同學不幸感染霍亂缺課，大家十分悲傷。你們切勿吃不衞生的食物，也要保持清潔。來，我看到一些同學頭上有白色的頭蝨，待會小息，我替你們噴射殺蟲劑。

王醫生：一定要做好預防工作。

醫科生：我是香港大學醫學院的學生，這個學期學校要我們做一份醫療史的功課。根據資料，19 世紀末香港的情況更壞。除了傳染病，還有其他問題，例如醫院設備不足，街道上躺着殘廢和皮膚潰爛的乞丐，他們因為貧窮而無法得到治療。如果居住環境惡劣或個人缺乏衞生常識，傳染病很快就會擴散開來。醫療真的不是治病那麼簡單，還關乎經濟、政策、教育問題。

何　啟：這位同學說得對，我就是當時的醫生何啟。那時華人普遍抗拒英國殖民地政府的管治，也不信任西醫。唉，1894至1896年情況最惡劣，香港上環爆發鼠疫，一發不可收拾，死人無數。

第二幕　奉獻的心

敍事者：白文信醫生是蘇格蘭人，1866年醫學院畢業後就到台灣打狗（今高雄）行醫，他愛當地居民，學習他們的語言，並研究當時流行的象皮病、痲瘋病、瘧疾等病患。早前西方醫學界大多認為象皮病由瘴氣引起，白文信卻指出象皮病是由絲蟲感染所致，又提出瘧疾可能由蚊子叮咬傳播產生的。這些重要的說法後來一一得到證實。[2] 五年後，他離開台灣往廈門，然後到了香港。

白文信：（祈禱）上帝，我很痛心，看到香港有很大的需要，許多病人沒錢看醫生，流落、橫死街頭，求祢賜我力量可以幫助他們。（停頓）我嘗試找何啟先生，他是十分熱心的基督徒慈善家。

何　啟：白醫生，上帝也感召我，和你一起工作。香港需要一間西醫院，我們就開辦「雅麗氏利濟醫院」，希望能以利益救濟人；醫院附設西醫書院。白醫生，你願意擔任首屆書院院長嗎？

白文信：義不容辭。我們要培育醫生和發展醫學研究，這樣才能找出病源，預防疾病，也令付不起錢的人都得

2　白文信對絲蟲病學和瘧疾研究的貢獻，見李尚仁《帝國的醫師》，頁9。

到醫治。感謝上帝。（停頓）今天是 1887 年 10 月 1 日，「香港華人西醫書院」開學了，多麼值得紀念的日子！

孫中山：白院長，我叫孫文，來報到的。我看見香港這個城市比故鄉進步很多，街道秩序井然，官員廉潔奉公，所以想在這裏學習先進的醫療技術，以解除病人的痛苦。

白文信：好，有志氣，開學禮快開始了，先坐下。（停頓）各位同學，本書院期望大家成為既有醫術，又有醫德的人。……古希臘總愛誇耀他們的偉人，但我們可以期待，在未來的新中國，當學者爭論誰是中國偉人的時候，會有一些來自香港，此刻就在這個開學典禮上的人物。（掌聲）但什麼是偉大呢？

孫中山：（沉思）什麼是偉大？我熱愛醫學，一心想成為好醫生，不追求什麼偉大，但每天，困擾我內心的是看到中國人飽受折磨。在滿清專制腐敗的統治下，不要說醫療，整體中國人的生活都是悲慘的。他們整天只懂吸鴉片，昏沉落後。我和好友楊鶴齡、陳少白、尤列都有一個心願，就是救中國人脫離深淵。

醫科生：孫先生專科畢業成績第一名，以當時醫療需要，不論在哪裏行醫，他的醫療業務都必定興旺，而且可以幫助很多人。不明白他一介書生，可以做到什麼救國大事？

孫中山：（慷慨）知其不可為而為之。醫學救人有限；若要除大惡，必消滅惡之本源。手術如是，政治亦如是。

第三幕　上醫醫國

敘事者：孫中山在澳門和廣州開設藥局，懸壺濟世，備受愛戴；他也以藥局為掩護，從事革命事業，志在推翻滿清政府。同時，青年魯迅也決定習醫，希望像日本維新一樣，能以現代醫學救國。

孫中山：1896 年廣州起義失敗，我不得已關閉藥局，流亡海外，輾轉坐船到英國，怎料在倫敦被清使館人員逮捕。後來，幸得恩師白文信醫生和康德黎醫生奔走，才能脱離魔掌。（停頓）現在，我要去日本，爭取華僑和外國朋友支持革命。

魯　迅：是的，一定要改變，中國太腐敗了。我父親生病，鄉下醫生開的藥引竟是一對蟋蟀！這些所謂的藥物有效嗎？那些醫生簡直是騙子，但更可悲的是竟然有很多中國人都相信這些醫藥，實在愚昧無知。

藤　野：樹人君，你來日本留學，在這間「仙台醫學專門學校」不足一年就要離開嗎？我看你能應付日文，解剖學成績也有進步。是否有其他問題？我可以幫助你。

魯　迅：謝謝藤野先生的愛護，但我放不下中國，所以決定回去。實不相瞞，上月我在課堂，無意中看到一段戰爭紀錄片，畫面突然出現一群中國人，一個人被綁在中間，另外一些人站在旁邊圍觀，他們都體格強壯，卻木無表情。據説，被綁者替俄國人做偵察員，所以日軍要斬他的頭，而旁人便來觀賞這場盛會。

藤　野：戰爭是殘忍的，百姓都很無辜。

魯　迅：死傷固然不幸，但更觸動我的是中國人的精神面貌。藤野先生，習醫可以改變人的思想嗎？

藤　野：醫生的主要職責是治病，盡力減少病人肉體上的痛苦。你認為可以做其他更多事情？

魯　迅：我正思考這個問題，醫生能夠做的好像有限。藤野先生，日本明治維新成功，風氣為之一改，但中國仍然落後不已。凡愚弱的國民，即使體格如何健全，也只能做毫無意義的示眾材料和看客，雖生猶死。因此，我希望透過文藝運動改變他們的精神，而不僅是肉體。

藤　野：樹人君，我明白你的大志，珍重。

孫中山：此刻我不在中國，但知道 1911 年武昌起義成功了！我們終於推翻滿清，成立民國政府。

醫科生：(興奮) 這年，香港大學成立，西醫書院又合併為大學的醫學院。原來香港大學和現代中國同齡，多麼任重而道遠。

魯　迅：起義成功的消息令人鼓舞，但真的是革命成功嗎？剪掉辮子就算是開明進步嗎？(指着自己的頭) 中國人內裏的思想頑固如山，仍然認為人血饅頭可以治肺癆，行刑的劊子手更可從死囚的血獲利！中國人還要相信這些假藥到什麼時候呢？真正有效的藥物是民主和科學；現在大家還未覺醒，中國還有漫長的路要走。

第四幕　醫者愛心

敍事者：白文信醫生後來返回英國，繼續推動醫療教育，1899 年成立「倫敦熱帶醫學校」。他亦擔任英國移民部的醫學顧問，負責為申請到亞洲非洲地區做下層工作的人體檢。

官　員：白醫生，請你檢查他們的身體。如果檢測不通過，他們就無法到海外工作，英國政府不想他們成為殖民地的負擔。

白文信：他們的身體大多無恙，但九成人都有一口爛牙。

官　員：爛牙？這就體檢不合格了！

白文信：其實他們不是不想醫治，而是沒有錢看牙醫。如果以爛牙為由淘汰他們，就等於淘汰他們整個階層，這是不合理的。

官　員：那該怎麼辦？

白文信：（沉吟）我建議政府為貧窮的人提供牙科服務，不單解除他們的痛苦，也可推廣牙齒健康，減少大眾牙患。（嚴肅）爛牙不是普通生活小事，背後我看到基層的重大需要。

王醫生：我也看到人的需要。（停頓）這是台灣一個小地方的醫務所，但我熱愛這裏的工作。

婦　人：（輕輕叩門）醫生，可否……請你幫忙，看看我的孩子？

王醫生：帶孩子進來，坐下，慢慢說。(聽診) 怎麼孩子咳
　　　　得那麼厲害？啊，還發高燒？

婦　人：已經好幾天了。

王醫生：好幾天？為什麼到今天才看醫生？很危險的。

婦　人：我家是捕魚的，沒有多餘的錢，我們……

王醫生：(安慰) 不要緊，我先替他打針，回去給他多喝水。
　　　　每天吃這些藥，不要再讓孩子受涼。

婦　人：(羞愧貌) 這點錢……不知是否足夠付醫藥費？

壬醫生：不用不用，別擔心，孩子吃藥後會慢慢痊癒，回
　　　　去吧。

婦　人：(感動) 醫生，謝謝你，救了我的孩子。

第五幕　抵抗與堅持

(香港醫科學生慢慢走向四位前輩，逐一向他們點頭鞠躬，然後返回原位。)

醫科生：王醫生，謝謝你。我之前因為公開考試成績優異，
　　　　所以順理成章報讀醫科，現在我更多反思，要怎樣
　　　　做個好醫生？

王醫生：在物質年代，我抵抗豐厚的生活報酬，堅持初心，
　　　　服務貧苦大眾，像耶穌基督為門徒洗腳，活出真正
　　　　的謙卑與愛心。

醫科生：白文信醫生，謝謝你。感謝你對病人無私的愛，推動醫學研究，以及對熱帶病學的重大貢獻。

白文信：在蒙昧年代，我抵抗無知，堅持科學實證的知識學習，解除病人的痛苦。

醫科生：孫中山先生，謝謝你。你獻身革命，為中國人開出一條民主自由之路。

孫中山：在苦難年代，我抵抗腐敗，堅持清明合理的管治制度，為人謀幸福。

醫科生：魯迅先生，謝謝你。你的文學作品喚醒沉睡的人，揭示國民的醜陋和病苦，從而引起療救的注意。

魯　迅：在黑暗年代，我抵抗守舊和迷信的思想，堅持追求理性、正義、仁愛的信念。

醫科生：(獨白) 在我的年代，我的社會，我將抵抗什麼？堅持什麼？

延伸活動

一、簡短問答

1. 20 世紀 60 年代那個台灣小孩得了什麼傳染病？
   霍亂。

2. 19 世紀末，香港曾爆發什麼瘟疫？
   鼠疫。

3. 白文信醫生和什麼人一起創辦香港第一所西醫書院？
   何啟。

4. 如果當時的醫科是五年制，孫中山在哪年畢業？
   1892。

5. 為什麼孫中山想推翻滿清政府？
   清政府專制、腐敗。

6. 孫中山在倫敦蒙難時，誰救了他？
   白文信醫生、康德黎醫生。

7. 藤野先生任教孫中山修讀的哪一門醫學學科？
   解剖。

8. 魯迅說的人血饅頭從何而來？
   死囚。

9. 白文信為基層做體檢，除了爛牙外，他還看到什麼？
   基層的貧苦，無錢看病；基層需要大眾化的牙科服務和健康常識。

10. 王醫生為什麼不收那名婦人的診金？

愛心。王醫生見她家貧，無法負擔醫療費。王醫生不求名利，只一心治好病人。

二、深入討論

1. 劇場出現四名習醫者，他們的醫學與人生道路各異，你認為他們有什麼共同點？你認為哪一個比較偉大？

人物	事業
白文信	名醫，熱帶醫學之父
孫中山	短暫行醫；最後從政，中華民國第一任臨時大總統
魯　迅	曾習醫；最後投身文學創作
王醫生	台灣小鎮醫生

2. 角色提問 (Hot-seating)：全班分為四組，上述四名人物由演員扮演，各加入一組。同學向角色提問，每組找一位記錄員和報告員負責記錄和報告。討論完畢，每組請報告員匯報訪問精華。

3. 你認為那位香港醫科生完成醫療史的功課後，有什麼改變？

4. 第三幕末魯迅說：「起義成功的消息令人鼓舞，但真的是革命成功嗎？」。這句話如何呼應第四章〈鹽〉的劇場第三幕的「武昌起義成功」？

5. 參觀「香港醫學博物館」和「孫中山紀念館」後，你對這個劇場有何感想？

三、閱讀與寫作

1. 除了這篇，《傾聽》還收錄另外兩篇有關醫者的文章：〈心靈的 X 光——對醫學院的畢業演講〉和〈醫生懂得比喇嘛多嗎？〉。龍應台認為好醫生不單要有醫術，更要深刻認識生命，才能幫助病人面對痛苦。醫生工作繁忙，本已承擔很大的壓力，你認為龍應台對醫生的要求是否過高？請以文章申述己見。

2. 龍應台認為醫者應該閱讀文學，例如卡夫卡的《蛻變》(*The Metamorphosis*，又譯作《變形記》)。她說：「醫學課本會告訴你如何對一個重度憂鬱症患者開藥，但是，卡夫卡給你看的，是這個憂鬱症患者比海還深、比夜還要黑的內心深沉之處，這是任何醫學儀器都測不到的地方，他用文學的 X 光照給你看」(〈心靈的 X 光〉，頁 174)。卡夫卡讓我們看到怎樣深刻的人性、親情、工作、人的存在意義？請以文章申述己見。

3. 你認為本劇的主角和第四章〈海星〉的孩子有什麼共通點？你能結合這兩個故事，寫成新的戲劇嗎？

參考書目

李尚仁。《帝國的醫師：萬巴德與英國熱帶醫學的創建》。台北：允晨文化，2012。〔Patrick Mansion 在台灣的譯名為萬巴德〕

周遐壽。《魯迅小説的人物》。香港：中流出版社，1976。

香港東華三院。《東華三院一百三十年》。香港：香港東華三院，2000。

袁國勇、杜啟泓、龍振邦。〈孫中山的老師——熱帶醫學之父白文信〉。《信報》2013 年 3 月 19 日。

梁卓偉。《大學精誠：香港醫學發展一百三十年》。香港：三聯書店，2017。

梁壽華。《革命先驅：基督徒與晚清中國革命的起源》。香港：宣道書局，2007。

無國界醫生。《無國界醫生（香港）活動報告 2019》。香港：無國界醫生，2020。

潘榮隆。〈神國的醫師〉。《宇宙光》46 (2019. 3)，539 期。宇宙光全人關懷機構網址：https://www.cosmiccare.org。瀏覽日期：2021 年 12 月 20 日。

魯迅。〈自序〉。載於《吶喊》。北京：人民文學出版社，1979。頁 1–7。

龍應台。〈我們的村落〉。載於《聆聽》。台北：印刻出版，2016。頁 157–167。

Evans, Dafydd Emrys, ed. *Constancy of Purpose: An Account of the Foundation and History of the Hong Kong College of Medicine and the Faculty of Medicine of the University of Hong Kong, 1887–1987*. Hong Kong: Hong Kong University Press, 1987.

Haynes, Douglas Melvin. *Imperial Medicine: Patrick Manson and the Conquest of Tropical Disease*. Philadelphia: University of Pennsylvania Press, 2001.

第七章

《快樂王子》

The Happy Prince

奧斯卡・王爾德

《快樂王子》(1885)是奧斯卡・王爾德(Oscar Wilde, 1854–1900)創作的童話小說。童話不單寫給兒童看，它也可以為成人而寫。成人閱讀童話就像重返兒童年代，以赤子之心看世界。但吊詭的是，作者可能故意使用這種簡易形式，讓人思考深刻的問題；英國作家喬治・歐威爾(George Orwell, 1903–1950)的《動物農莊》(*Animal Farm: A Fairy Story*)就是其中一個經典例子。

王爾德的童話正好利用了這雙重角度，作品既可淺讀，亦可深讀。這故事是否只帶出「助人為快樂之本」的信息？文學教育正鼓勵學生層層遞進，多角度思考。劉珮芳指出，「王爾德的童話故事想和讀者分享的，往往不是美好、寧靜、祥和以及其他順利安穩的人生，而是充滿挫折、試煉和痛苦的體驗，因為在勞苦磨難之後，所得的補償是珍貴至極的愛和智慧」(頁 4)。是的，童話也不能抽離現實人生，當中的角色同樣面對生離死別的痛楚，這卻令我們思考如何在快樂與哀傷中活得豐盛、有意義。

一、原著特點

本故事以王子和燕子助人為題材，帶出「朱門酒肉臭，路有凍死骨」的諷刺。大都會熱鬧非凡，重視市容，但暗角卻充滿說不盡的嘆息。王子和燕子相遇，幸得燕子幫助，王子才能做到三件事：把紅寶石送給縫衣婦、把藍寶石送給窮編劇和賣火柴的女孩，還有把金片送給其他受苦者。最後小燕子冷死，王子悲傷不已；他們都願意為別人而犧牲自己。

故事的力量在於一層比一層更大的犧牲。付出者擁有極崇高的精神，內心抱持強烈的善良信念，對犧牲不以為意；反之，部分人無比自私，只活在虛榮、逸樂、爭名奪利的世界，全不顧念他人的死活，眼中只有美貌、財寶等表面的東西。

兩個主角都有改變。王子生前享盡榮華富貴，當他轉變成悲傷王子的雕像時，才真正昇華為快樂喜悅的王子；燕子由快活自在的青年轉為明白世間苦難的憂傷者時，也昇華為此生無憾的仁者。

因此，整個故事充滿各樣的對比：富有與貧窮、自私與奉獻、表面與內在、人心與鉛心、快活與憂傷。世俗擁抱的是前者，主角卻衝破種種藩籬，活出不朽的生命。

二、主題探討

故事的焦點可以分為兩方面，一是探討何謂「快樂」，正如在原著首尾出現的人群，有些認為美貌、睿智、名聲等滿足自己的東西會令人快樂。然而，還有另一種快樂是任何物質、利益無可比擬的，那就是犧牲的愛，不論是為友情付出，還是無私助人。

另一個探討的主題是苦難（suffering），這真是謎一樣的東西，由希臘悲劇開始述說至今。為何會有厄運？痛苦可以有多深？能夠戰勝苦難嗎？這個故事告訴我們，唯有愛與付出，才能面對世間的黑暗與苦難，燃點希望。

三、改編為戲劇

《快樂王子》有豐富的敍述，十分適合改編為戲劇，最大問題只是如何分幕和做出層次感。故此，筆者掌握主題後，就根據內容分為四幕——主角相遇、送出寶石、送出金片、燕子離世——以這些戲劇行動為發展脈絡，逐步提高付出的程度。主角每做一件事，他們的「損失」就越大。此乃戲劇衝突的所在：若要損失那麼多，那還做不做？

與主線衝突有關的是燕子內心的衝突。王子有強烈的悲憫之情，一心堅持奉獻，燕子卻不然。燕子只是嬉戲玩樂、懂得享受的快活人，從未想過為別人放棄自己美好的生活。故此王子第一次求他留下時，他毫無心理準備，亦不願意，但善良的燕子被王子的真誠感動，不單留下一晚，更留下第二晚、第三晚。那時他已經知道自己走上一條不歸路，卻無任何後悔或恐懼，反而心滿意足。

為使每幕緊密相連，劇場以王子身上四件東西為意象：眼淚、寶石、金片、鉛心，揭示其生命的改變，由最富有、美麗，到一無所有。最後，出現一個意想不到的戲劇場景：「破裂的鉛心」在大眾看來是醜陋、可以丟棄的東西，但在天國，這鉛心和燕子的屍體卻珍貴無比。劉茂生指出，王爾德的作品從不避諱死亡，「人的生命可以終結，肉體的存在是有限的，而由生命體現出的價值卻是永恆的」(頁 30)。本劇場也希望呈現這樣有別世俗的價值觀，看似一無所有，卻是最豐盛、永恆的生命。故此，劇終時播放輕柔的聖詩音樂《奇異恩典》(*Amazing Grace*) 作為回應，增加莊嚴之感。

劇場保留原著的諷刺藝術，以首尾出場的市民甲、乙代表膚淺庸俗的人群，與敬虔的主角形成強烈的對比。但本劇場沒有強調原著的基督教思想，因為這又是另一層的宗教意義。[1] 反之，劇場版加重刻劃王子與燕子的友誼，特別是細緻感人的對白，表示他們真摯、心意相通的靈魂。

四、生命關懷

《快樂王子》針對的核心概念就是「苦難」。王爾德在故事中描述童工、貧病交迫、飢餓等景況，説的不單是 150 年前富庶的倫敦背後的社會問題，也是今天繁華世界角落下的不平與不義。知道這情況後又如何？作者祈盼的不僅是短暫的濟貧活動，而是「徹底個人道德的轉化」(Killeen，頁 22)。沒有社會的覺醒與憐憫之情，沒有決策者的仁愛與革新，苦難仍會持續發生，就像從第一章至今所看到的，由戰爭、逃難、貧困、死亡、疾病組成的悲慘世界。

1　有學者指出，王爾德的童話受其家鄉愛爾蘭和整個歐洲文化影響，包括聖經記載、中世紀傳奇、民間故事。其中對主角的演繹，可以是宗教的——王子如受難的耶穌基督，燕子如門徒。讀者見證他們的犧牲與不朽的生命（Markey，頁 94、102）。

這故事也提醒我們要跳出舒適圈，擴闊視野，留意別人的需要。書中王子曾說：「現在我已死了，他們把我放得那麼高，但也因此讓我看見這個城市所有的醜陋與悲慘」(And now that I am dead, they have set me up here so high that I can see all the ugliness and all the misery of my city)(Wilde，頁 12)。對，他站得高，才看得廣、看得遠。這種「高」，既指視角方面，也指品格的高度。

正如王爾德寫童話言志，文學和藝術本身就是關懷的行動。英國著名插畫家 Quentin Blake 聆聽了世界上 1800 個孩子的聲音，寫下《空中的飛船》(*A Sailing Boat in the Sky*) 這圖畫書。那艘自製的神奇飛船在天空飛過，飛船內的孩子從高處看到世上無數的苦難：欺凌、童工、戰爭、空氣污染。但孩子不只在飛船內觀看，更不斷伸出手，把受苦者逐一拉上船，以愛心接待和醫治他們身心的創傷。雖然過程驚險重重，連船身也破損，他們卻不氣餒，互相幫助，繼續以正義和夢想往新一程出發。下一步將如何？結尾是開放的，這給予我們很多討論的空間。情況會變得更好？更壞？逆境前行？那就視乎大家抱着什麼信念，又決定怎樣做了。

五、總結

《快樂王子》和王爾德創作的另一個童話《夜鶯與玫瑰》(*The Nightingale and the Rose*) 一樣，美麗而哀傷。故事情節簡單，也有善良可愛的人物，然而作者想藉此探討深刻的社會／人生／哲理／宗教問題——何謂「快樂」、「真愛」、「苦難」？雖然世間多苦難，包括自身的遭遇，但他們已不再憂傷，因為他們最終找到活着的意義，那就是愛心施予的無比價值。此外，縱使他們力量微小，但這付出本身已是意義所在，能戰勝世間的黑暗和苦難。戲劇抓着這條主線，他們的犧牲越大，所獲得的滿足和生命意義也越大。最後，小燕子含笑而逝，對他來說，這個抉擇遠勝於在埃及過着逍遙快活的日子；他和王子心意相通，像把胸膛刺進玫瑰荊棘的夜鶯，能夠體現和實踐愛是何等快樂、美麗、無憾。戲劇亦以簡馭繁，以四個意象代表這段歷程，並把「鉛心」放在題目作為焦點，以醜為美，給讀者一個思考的空間，顛覆世人利己的價值觀。

朗讀劇場

鉛心王子

角色

王子

燕子

市民甲

市民乙

天使

敘事者

演出時間

10 分鐘

舞台佈置

王子在前排中央，燕子和天使在後。市民說完話就退後，燕子踏前。

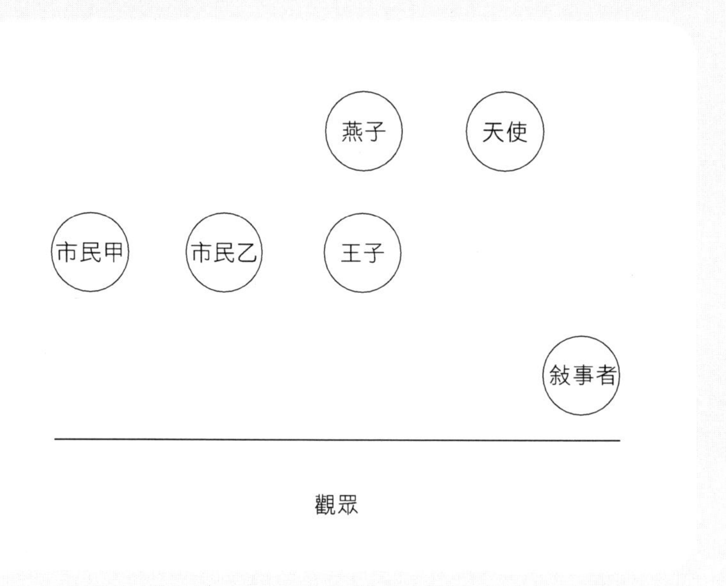

第一幕　眼淚

敘事者：城裏屹立着快樂王子的雕像。他全身用金片鋪成，雙眼是藍寶石，佩劍鑲有紅寶石。每天都有不少人來探訪他。

市民甲：多高貴啊，這麼漂亮的雕像簡直是我們城市的光榮！

市民乙：王子真幸福，生前享盡榮華富貴，死後也快快樂樂地看着我們。

燕　子：(下降飛行) 天色已暗，就在這城市歇腳吧。(看到雕像) 這個雕像位置不錯，視野廣闊，我小燕子今晚就在這兒棲身。休息夠了，明天一早就要飛走。(苦笑) 整整一個夏天，為了和美麗的蘆葦小姐談情説愛，耽誤了我原定秋天往温暖地方的行程。(身子縮一縮) 現在已有寒意，明天再不走，我必定慢慢冷死。好，睡吧。(停頓) 糟糕，為什麼有水滴下？要快些飛走避雨。

王　子：(哭泣，哽咽) ……

燕　子：(抬頭，驚訝) 王子，這些水滴……是你的眼淚嗎？你為什麼哭泣？白天我在上空，看到很多人圍着你、讚美你呢。

王　子：我不快樂。

燕　子：什麼？他們不是叫你快樂王子嗎？

王　子：以前或許是，但現在絕不是。以前我在皇宮只知享樂，每天美酒美食，一天突然眼前一黑，就離開了這個世界。死後他們把我變成和生前一樣美麗的雕像。

燕　子：這不是很好嗎？

王　子：這只是表面的。我的心用鉛打造；但我不是為此不快樂，相反，這個沒有什麼金銀包裹的心，令我有真正的感動。我現在於高處看遍城市的繁華，還有繁華背後的醜陋與悲哀，我的心極為傷痛。

第二幕　寶石

敘事者：夜幕低垂，燕子沒有睡意。一向無憂無慮的他，既驚訝於王子的情況，也驚訝自己對世界的認識那麼少。他很高興能夠聆聽王子的心事。

燕　子：王子，你在高處看到什麼？

王　子：(低沉，悲哀) 城東小巷一個婦人不斷為宮廷淑女縫製衣裙，手指不知給針扎痛多少遍。她旁邊的兒子發高燒，開口求媽媽給他吃點東西。媽媽什麼也做不了，只能含淚給他喝水。她又低頭拼命趕工，希望快些賺點錢回來。

燕　子：兒子的病情看來十分嚴重。

王　子：是啊，小燕子。我的腳黏在底座不能動。能否求你把我劍套的紅寶石取下，送給他們？

燕　子：但我明天要去埃及過冬。

王　子：啊，那⋯⋯(悲愁)

燕　子：(難受) 好吧。(停頓) 這裏開始冷，但我樂意做你的信差，放心。

王　子：(感激又歡喜。微笑) 謝謝你，小燕子。(停頓長些) 謝謝你，小燕子，辛苦你走這一趟。那家人情況怎樣？

燕　子：(回來有點累，頑皮貌) 哈哈，我用翅膀向那孩子的頭搧風，他覺得十分涼快呢。真奇怪，我現在不覺得怎樣冷，還覺得有點温暖。

王　子：因為你心裏快樂。⋯⋯啊，燕子，能否求你多陪我一晚？我看到城南有個年輕人，他嘔心瀝血趕寫劇本，餓得快昏了。（停頓）另一邊，城西有個賣火柴的小女孩，不小心把火柴掉進河裏，傷心得大哭；她一回家，父親必定狠狠責打她。

燕　子：（想睡覺，有點為難）唉，太多令人難過的事情。王子，現在我十分疲倦，不想飛，更何況你的身上也沒有紅寶石了。

王　子：小燕子，你先好好休息，我明白你也累了。至於我，沒有紅寶石，還可以把我的藍寶石眼睛送給他們。

燕　子：（哭泣）不要！親愛的王子，這樣你就看不見東西了。

第三幕　金片

敍事者：燕子最後多留兩天，為王子達成心願，把藍寶石送給窮編劇和賣火柴的女孩。但他也感到身體有點虛弱，因為在幾次飛行中，北風吹得他渾身發抖。

王　子：（側耳傾聽）小燕子嗎？來，快些到我腳下，這邊有點陽光，你好好躺下暖和身體。休息夠了，就有氣力飛往埃及。（停頓）對不起，我耽擱了你三天。你十分仁慈勇敢，我多麼高興認識你，我唯一摯愛信任的朋友。（停頓）我永遠記得你，明年春天我們再見吧！

燕　子：（疲倦，但滿足）親愛的王子，你現在什麼也看不見，我會留下來陪伴你。

王　子：(焦急) 不，小燕子，趕快往埃及去！

燕　子：(搖頭，慢慢睡着) ……(停頓長些，伸懶腰) 早上天氣真好！王子，我告訴你，我到過全世界最美麗的山水，也看過令人嘆為觀止的景象，但它們給我心靈帶來的衝擊，遠不及這三晚那麼大。

王　子：對，最叫人嘆為觀止、最深奧的事情，莫過於世上的苦難了。來，小燕子，繞着這個城市飛一圈，把你看到的情況告訴我。

燕　子：(繞城一圈) 王子，我看到富麗堂皇的大屋門外，坐着乞丐；橋墩旁邊有兩個衣衫單薄的男孩在發抖，他們正躲避巡警的驅趕；街角的木屋有一個婦女被喝醉的丈夫拳打腳踢，身旁的小孩子害怕得要命，但仍拼死保護媽媽；城北斷腿的老兵拄着拐杖，替鄰舍清潔豬欄後，慢慢坐下吃冷飯，一邊還揉着發酸的腿。

王　子：(眼淚再次滴在燕子的羽毛上) 小燕子，請你把我身上的金片，一片一片的拿下來，送給他們。

第四幕　鉛心

敘事者：開始下雪了。經過整天在寒風雨雪下執行任務，現在燕子只能以僅餘的氣力飛回王子身邊。

王　子：聽到你回來的聲音，我的心就無比快樂。

燕　子：(疲累，但微笑) 親愛的王子，你知道嗎，每次我送出金片，都可從他們的淚水與微笑中，看到你美麗的臉容。我終於明白化解苦難的奧秘是什麼了。

王　子：小燕子，你也在其中呀，我親愛的朋友。

燕　子：(很滿足，聲音低沉) 現在，我不會再去埃及，但要和你道別了。(虛弱，呼吸漸少) 多麼快樂平靜，可以睡在這裏 (慢慢背轉身)。

王　子：(眼淚流在燕子身上) ……(突然「咔」一聲) 我的心碎掉。

市民甲：(詫異) 大清早我不是眼花吧？為何我們那個美麗的雕像，變成破破爛爛的模樣？怎麼王子腳邊還躺着雀鳥的屍體？

市民乙：快些，叫市長把這堆難看又不衞生的東西燒掉，免得影響市容。

市民甲：我建議把這些材料鎔化後再做另一個雕像，是貴族大人或市長先生也可以，以展示我們城市高雅的格調，對嗎？

天　使：(從廢物堆撿回兩件物件，莊嚴貌) 這個破裂鉛心和燕子屍體，是世界上最寶貴的東西。他們在天國裏必得着最大的榮耀！(輕輕送出《Amazing Grace》的音樂)

延伸活動

一、簡短問答

1. 王子共有多少顆寶石？
   三顆，一顆紅寶石，兩顆藍寶石。
2. 王子是否因為他的心由鉛製造而不快樂？
   不是，他因為看到城市的醜陋與哀傷而不快樂。他生前完全不知道這個情況。
3. 燕子最想飛往什麼地方過冬？
   埃及。
4. 王子的紅寶石送給誰？
   縫衣婦。
5. 王子的藍寶石送給誰？
   窮編劇和賣火柴的女孩。
6. 寶石送完後，王子把什麼東西送出？
   身上的金片。
7. 燕子因什麼而死？
   寒冷、疲勞。
8. 市民厭惡什麼？
   沒有寶物裝飾的醜陋雕像、王子腳邊的雀鳥屍體。

二、深入討論

1. 燕子幫了王子一次，第二次、第三次本來想拒絕。他的矛盾在哪裏？你認為燕子最終的決定是否太愚笨？值得嗎？

如果燕子留下來，他會凍僵，無力飛往溫暖的北方，另一方面他又被王子的熱切與誠意感動。最後燕子自願留下，因為他找到生命意義的所在，他一生從未如此滿足、快樂。

2. 你認為王子找燕子幫忙是否太自私？你怎樣看他和燕子的友情？

   他沒有意識到燕子的去留會有如此嚴重的後果。如果他知道會奪走燕子的生命，他一定不會請燕子留下。他們的友情真誠又純潔。

3. 四個意象：眼淚、寶石、金片、鉛心。哪一個意象最打動你？為什麼？

   學生可各自發表意見，例如，藍寶石眼睛，王子寧可犧牲自己的視力，今後連「看見」的機會也沒有。

4. 王子曾對燕子說，「你告訴我許多奇異的事情，但最奇異的莫過於人世的苦難。沒有像悲苦如許大的奧秘」（You tell me of marvelous things, but more marvelous than anything is the suffering of men and of women. There is no Mystery so great as Misery）（Wilde，頁 19）。這個奧秘真的大得無法解開嗎？劇中第四幕，燕子說「明白到化解苦難的奧秘」。你認為那是什麼？

   真愛與付出。

三、戲劇活動

1. 對談：全班分為四組，分別代表：市民、生前在皇宮的王子、燕子、天使。「鉛心王子」站在中心的位置，與四組人輪流對談「什麼是快樂」。

2. 形體劇場：《七件奇異的事》。燕子曾經告訴王子，他遊歷世界，見過六件奇聞異事：捉金色魚的朱鷺、古老的獅身人面像、戴琥珀手鏈的駱駝商、敬拜大水晶球的國王、吃蜂蜜蛋糕的大綠蛇、湖上泛葉舟的小矮人（Wilde，頁19）。你能否用形體戲劇表達這些富想像力的故事？此外，請加插第七件事——苦難。你如何透過對比手法，讓觀眾思考苦難「奇異」背後的沉痛？

貧富對比懸殊，貧者悲慘得令人難以想像。

四、閱讀與寫作

1. 試把本劇轉化為有 8–12 幅插圖的繪本，並配上簡短的文字。
2. 王子破裂的鉛心和燕子的屍體在天國裏將轉化成什麼東西？請以這兩個新的意象為題，撰寫一篇短文。題目自訂。
3. 《快樂王子》和《夜鶯與玫瑰》都談論愛與付出，你能結合這兩個故事，編寫成新的戲劇嗎？
4. 你認為本劇場的王子和燕子，是否為第五章〈海星〉所說的摘星孩子？試評論之。

參考書目

奧斯卡・王爾德（Oscar Wilde）著。《快樂王子》。載於《夜鶯與玫瑰：王爾德童話與短篇小說全集》。朱純深編譯。台北：時報文化出版，2019。頁 10–25。

劉佩芳編譯。《快樂王子》。載於《王爾德短篇小說選集》。奧斯卡・王爾德著（Oscar Wilde）。台北：好讀出版，2021。頁 1–11。

劉茂生。《王爾德創作的倫理思想研究》。武漢：華中師範大學，2008。

Blake, Quentin（昆汀・布雷克）. *A Sailing Boat in the Sky*（空中的飛船）. 李瑾倫譯。台北：維京國際，2014。

Killeen, Jarlath. *The Fairy Tales of Oscar Wilde*. Hampshire: Ashgate, 2007.

Markey, Anne. *Oscar Wilde's Fairy Tales: Origins and Contexts*. Dublin: Irish Academic Press, 2011.

Orwell, George. *Animal Farm: A Fairy Story*. New York: Harcourt Brace, 2003.

Raby, Peter. *Oscar Wilde*. Wiltshire: Cambridge University Press, 1988.

Wilde, Oscar. "The Happy Prince." *Complete Fairy Tales of Oscar Wilde*. New York: Signet Classics, 2008. 9–22.

Wilde, Oscar. "The Nightingale and the Rose." *Complete Fairy Tales of Oscar Wilde*. New York: Signet Classics, 2008. 23–31.

Zipes, Jack. "Afterword." *Complete Fairy Tales of Oscar Wilde*. New York: Signet Classics, 2008. 205–213.〔指出王爾德童話顛覆一般童話的純真內容和美好結局，乃探索苦難與救贖、人性的美與醜、藝術的奉獻等主題。〕

第八章

《玩具屋》

The Doll's House

凱瑟琳·曼斯菲爾

英國小説家凱瑟琳·曼斯菲爾(Katherine Mansfield, 1888–1923)的作品以綿密細膩、富象徵意義見長。徐志摩稱讚她是心理的寫實家:「她手裏擒住的不是一個個的字,而是人的心靈變化」(頁219)。作者要對人性有深刻的體會,才能捕捉到人物的細緻感受。

《玩具屋》寫於1921年,出自曼斯菲爾小説集《白鴿巢及其他故事》(*The Doves' Nest and Other Stories*),其中不少篇章記下作者在故鄉新西蘭的童年往事。[1] 這篇短篇小説既描寫孩童的世界,也描寫成人對孩童的影響。

1　新西蘭(New Zealand)1841年成為英國殖民地,並於1852年開始不斷爭取自治,但到1942年才正式獨立,故百年來其文化深受英國影響。

一、原著特點

背景方面，雖然《玩具屋》提及草場、牛群等景物，但沒有明言地點在新西蘭，所以故事也可發生在歐洲或世上任何一個角落。人物方面，作品並無確指主角（孩子）的年歲，但觀其言行，如所玩的遊戲，可以猜想孩子為小學生。曼斯菲爾就這樣為讀者帶來廣闊的想像空間。

顧名思義，書中主要意象正是小說題目的「玩具屋」，以及擺放在其中的「小油燈」。小油燈貫串整個故事，由開始時貝嘉的驚喜發現，到故事結束時高小愛的唯一對白，都說明它的獨特地位；它連結兩個社會身分不同的孩子，並賦予她們超越自身限制的意義（Fullbrook，頁 117）。貝嘉屬於權力者的一方，但不囿於傳統和權威的歧視觀念；高小愛屬於無權力者的一方，但貧窮和凌辱無法壓制其天賦美慧之心。兩人都有很強大的內在力量。

二、主題探討

文學反映人性善惡。書中有很多惡言惡行，他們從何以來？社會上，一般人嫌貧愛富，加上英國文化的勢利（snobbish）和階級思想，有這些觀念行為不足為奇。那孩子呢？他們小小年紀，應該還有一點童真吧？為什麼欺凌別人後會那麼亢奮滿足？這是人性深處的罪惡，小孩也不例外。

在黑暗中也看見光芒，正如在浮俗、人人稱讚的玩具屋內，竟然放上一盞小油燈。它那麼真，既逼真又真誠；它那麼美，既柔和又獨特；它那麼善，既善良又友愛。只有像貝嘉、高小愛這樣心靈豐富的人才能看見。因此，劇作的題目定為「我看見」，這「看見」也象徵不被黑暗擊倒的力量和希望。

三、改編為戲劇

改編者要把自己體會的內涵融入改編的劇作中，然後以戲劇的藝術形式重建作品。本劇的衝突主要在於圓圈內外或界線兩邊的互不相容。

形式方面，除獨幕劇外，戲劇一定要分幕，所以首要處理的是結構問題。筆者根據原著故事的時空轉變和事件重點，分為六幕，六幕的地點分別是：貝家——學校——貝家——學校——貝家——戶外。透過每幕的小標題略略帶出焦點。

此外，改編還要處理敘事觀點的問題。原著雖然是第三人稱，但很多時候參雜了作者的觀點，還有人物本身的視角。如果改編為朗讀劇場，敘事者必定以客觀的第三人稱説話，其他角色則是演員以第一身説話。最難處理的是原著裏有介紹貝家和高家背景的段落，篇幅頗長（Mansfield，頁78、80）。如何將之化為劇場的演員對白？對白又出自什麼人之口？這段話語氣傲慢，心態與此最接近的應該是貝家的人，故此筆者把這段改為第三幕貝太太和其妹保莉的對話，同時接上貝嘉請求母親讓她邀請高家姊妹這一段。這樣既可自然銜接，也可反映這孩子的思考獨特，不受長輩影響。

學校課堂的戲劇，演出時間不能太長，故要突出主線和刪減枝節。故此，筆者在劇場版刪除一些人物和片段：

1. 玩具屋內不合比例的人偶；2. 送玩具屋的赫伊夫人（Mrs Hay）和僕人派特（Pat）；3. 保莉的男友威利（Willie）約會她一事；4. 老師收到高小莉給她的一束花時，展現異樣的表情。這些枝節在小說中各有作用，並非不重要，只因劇場無法兼顧這些分支，唯有略過它們而已。

最後，劇場的演員全是女性，若在學校演出，加入男演員或較平衡。故此，筆者除建議以男性為敘事者外，還可考慮把貝家二小姐改為男孩子，名字同樣叫「貝洛」（Lloyd Brunell），而同學傑西也可改為男孩傑克（Jack）。這個性別改動對原文全無影響，因為他們只是配角或旁觀者。

四、生命關懷

文學和戲劇擴闊我們的心靈，令我們感受更多、看見更多。

其實這故事涉及一個重要的課題——校園欺凌（school bullying），需要我們深入認識，並以積極的態度和行動回應。校園，不應是一起學習、相親相愛的地方嗎？何以竟像成人世界般充滿不安和不義？

「欺凌」的定義和現象十分複雜，既牽涉不同的身分，也有不同的分類方法。大抵而言，「欺凌」包括三項主要的元素：持續發生、蓄意、權力不均衡，即恃強凌弱，令受害者身心受創。現在主要針對在校園內外發生的欺凌而言。

欺凌有兩大類：面對面欺凌（face-to-face bullying）和網絡欺凌（cyber bullying）。有時，受害者會同時承受兩類欺凌的夾擊（Bradshaw & Waasdorp，頁 20）。過去的研究主要集中在面對面欺凌，分為三種形式：1. 肢體（physical），例如各種推撞、掌摑等暴力；2 語言（verbal），例如起綽號、取笑、侮辱、恐嚇等；3. 關係（relational），例如造謠、杯葛、孤立、排斥等行為。欺凌若不涉及暴力傷害，有時候是難以察覺的。至於網絡欺凌，隨着數碼發展，這方面的欺凌也越來越普遍，例如散佈中傷他人的言論、消息或圖片，使之廣泛流傳。

欺凌的發生有多方面原因，其中有三個主要的原因：1. 受害者因體能、種族、身體缺陷等情況（Bradshaw & Waasdorp，頁 25），被視作「與別不同」（different）；2. 欺凌者有情緒、性格問題，如喜歡操縱別人、不懂得處理情緒或社交關係、自我中心、缺乏同情心；3. 家庭教育，例如教養模式、家長有精神或婚姻問題、有虐待孩子的前科。

欺凌可發生於任何年紀、性別、環境，但在高小或初中（約 10 至 13 歲）發生的頻率較高（Harris & Petrie，頁 4; Bradshaw & Waasdorp，頁 24）。欺凌事件中常見的角色有三種：欺凌者（bullies）、受害者（victims）、旁觀者（bystanders）。根據研究，九成參與的人是旁觀者（Bradshaw & Waasdorp，頁 17），而旁觀者又可分為三類：1. 協助者（contributors），例如在旁嬉笑、吶喊助威的人；2. 保護者（defenders），例如安慰及支持受害者、嘗試阻止欺凌行為的人；3. 被動旁觀者（passive bystanders），例如視若無睹、離開現場、置身事外的人，旁觀者大多屬於這種類型。

受害者身心嚴重受創，可導致五方面的後果：1. 肢體受傷，產生各種痛楚；2. 精神受創，例如感到焦慮、壓抑、孤獨、沮喪、恐懼、鬱悶等，受害者往往失眠或情緒低落，嚴重者甚至罹患精神疾病；3. 性情大變，例如變得自卑消沉、嘗試以暴易暴。因此也有受害者後來成為欺凌者；4. 不願上學、成績低落。這或會令受害者的情緒更差、自我形象更低落，造成惡性循環；5. 產生更嚴重的負面行為，例如吸毒、酗酒、自殘、自殺。

綜觀以上欺凌的原因和後果，知道要解決這個問題，殊不容易。欺凌不易解決，因為它不單屬於自我覺知、情緒管理的個人問題，還涉及家庭、學校的處理，甚至整個社會觀念。站在最前線的教育工作者，應該及早察覺，更多認識校園欺凌、及早介入；教育工作者必須阻止欺凌行為、支援受害者，且與各方合作，推廣正面的價值觀念。

解決欺凌可從根本入手，聆聽孩子的心聲，給予他們愛與關懷。善的力量加添一分，惡的力量就減少一分，這是奇妙、無形的互動。當然這不能單靠老師，家庭、學校、社會整體都要配合，盡力消除欺凌這種惡行和悲劇，還孩子健康成長的空間。

在學校，老師或圖書館可以推介以下的繪本，和學生一起閱讀、討論：

- 《把帽子還給我》（*かえしてよ、ぼくのぼうし*）
- 《不是我的錯》（*It's Not My Fault*）
- 《年紀最小的班級裏，個子最小的女孩》
（*The Smallest Girl in the Smallest Grade*）
- 《被欺負的小獅子》（*Reach for the Moon, Little Lion*）
- 《世界中的孩子 3：為什麼會有種族歧視與偏見？》
（*Children in our World 3: Racism and Intolerance*）

五、總結

《玩具屋》是英國文學作品，改編為華文劇作，已屬跨文化劇場；其實原著本身也是跨越新西蘭與英國文化的。然而，無論在媒體、語言、文化方面，讀者也沒感受到絲毫隔閡，文化融和自然，因為作品題材具普遍意義，指向看似平凡，卻在暗處不斷滋長的人性醜惡——歧視與欺凌。這些共鳴令讀者／演員／觀眾對角色有深刻的體會。劇場的改編就是呈現這條主線和善惡衝突，希望小油燈的光芒能驅走每個人內心的黑暗。

朗讀劇場

我看見

角色

貝太太（Mrs Burnell）
保莉姨媽（Aunt Beryl）
貝莎（Isabel Burnell），大女兒
貝洛（Lottie Burnell），二女兒
貝嘉（Kezia Burnell），三女兒
高小莉（Lil Kelvey）
高小愛（Else Kelvey）
蓮娜（Lena），同學
艾美（Emmie），同學
傑西（Jessie），同學
敘事者

時間

18 分鐘

舞台佈置

演員分兩排站立，主角在前排，配角在側或後排；每幕可根據出場人物前後走位。敍事者在舞台較側的位置，因為他並非故事中人。

畫面構圖方面，貝家和高家的人相隔一段距離，高家姊妹站在旁邊較側的位置。

第一幕　禮物

敍事者：玩具屋放在貝家的院子裏。屋子有兩層，外牆是油亮的綠色，間以黃色，外面開有一道門和四扇窗子。屋頂有兩個紅白色的煙囱，十分精巧。

貝　莎：保莉姨媽，媽媽的朋友送了一件特別的禮物給我們嗎？

保　莉：貝莎，你的消息真靈通，對，快去院子看看。

貝　莎：（與妹妹一起驚叫）啊，難以置信，這麼漂亮的玩具屋！

保　莉：那麼慷慨，一定貴得很！不過油漆味實在太刺鼻了。先放在院子一段時間吧，氣味會慢慢消散的。

貝　洛：到這邊來，看到嗎，屋子旁有個小鈎，可以打開整個外牆。

保　莉：貝洛，別動手，讓我把鈎子鬆開。

貝　莎：（再次和妹妹一起驚嘆）噢，從來沒看過這麼美麗的東西！

貝　洛：裏面有客廳、飯廳、廚房，樓上還有兩間臥房。

貝　莎：你們看，房間都貼上牆紙，牆上的畫用金色框鑲着，地板都鋪了紅地毯。

保　莉：手工很精細，客廳的椅子坐墊是用紅絲絨做的；想不到連牀上也鋪了牀單。

貝　洛：還有小搖籃、火爐、櫥櫃……啊，上面還擺放了一疊小碟子和一個尖嘴大水壺，每樣物件都像真的一樣。

貝　莎：不知怎樣可以縮成這麼小？

貝　嘉：我最喜歡飯廳桌上的那盞燈，你們看，它有白色的燈罩和琥珀燈座。啊，燈內好像有些液體，真的是油嗎？（伸手摸一摸）

貝　莎：貝嘉，別擋着我的視線。

貝　嘉：姊姊，我輕輕搖一搖那盞燈，裏面的油居然會晃動。實在太完美了！

第二幕　話題

敍事者：第二天早上，貝家孩子渴望返校，她們急不及待想向同學炫耀家裏有這樣奇妙的東西。

貝　莎：待會小息，你們要先讓我說有關玩具屋的事，知道嗎？

貝　洛：知道了，你是大姊。

貝　莎：還有，媽媽說由我挑選誰先參觀，你們不可亂來。

貝　嘉：明白了。

貝　莎：（鈴聲響起）上課了，（神秘貌，鄭重向身旁的艾美說）待會小息，告訴你們一件事。

艾　美：（鈴聲又響起）貝莎，到小息時間了，有什麼想告訴我們呢？

蓮　娜：你今天特別可愛，我們都喜歡和你聊天。

貝　莎：聽着，媽媽的朋友送給我們一間極為精美的玩具屋。

傑　西：玩具屋？那是怎麼樣的？

貝　莎：（驕傲）你們真的要見識一下。玩具屋有兩層，包括門窗、煙囱，裏面所有家具和擺設都像真的一樣……

艾　美：嘩，太奇妙了，我們好想看看。

傑　西：碟子和水壺都變得那麼小，實在難以想像！

貝　嘉：姊姊，你忘記那盞燈了。

貝　莎：哦，對，那盞油燈以玻璃製成，外面有白色的燈罩，完全看不出和真油燈有什麼分別。

貝　嘉：(大聲說) 那盞燈才是最好的！

艾　美：等一下，我們大夥兒正說得高興，但你們看 (突然冷笑)，高家的那兩個寶貝好像在圈外偷聽我們說話。(高聲喊) 你們幹什麼？

高小莉：(傻傻的、羞怯笑着)

高小愛：(瞪着眼睛，靜默)

貝　莎：別管她們，你們想到我家嗎？

蓮　娜：當然當然，你是我們最友善、最要好的朋友！

貝　莎：好，蓮娜、艾美，今天放學後你們一起來，其他同學也陸續有份。(熱烈的歡呼聲)

高小莉：(靜靜說) 小愛，為什麼扯我的衣角？(點頭) 我明白了，好，我們走吧。

第三幕　界線

敘事者：貝太太和她的妹妹保莉在家閒話家常。這幾天她們家熱鬧極了，每天女兒都帶兩個同學來參觀玩具屋，貝莎興奮得在旁一一介紹。

保　莉：孩子受歡迎，我們家也有面子。

貝太太：保莉，話是這麼說，但我總不放心。我們是有錢人家，我一直想他們到較優秀的小學唸書，但沒辦法，方圓幾公里就只有這一間。

保　莉：對，附近什麼人家的孩子也來這裏，法官的、醫生的女兒固然好，但什麼雜貨店老闆的、木匠家的小孩也送到這裏唸書，另外還有一些頑皮的小男生，唉。

貝太太：不就是嗎？家庭環境更不堪的也有，所以我對女兒說，玩歸玩，但總有一條界線——就是不能和高家的孩子說話。

保　莉：他們這家人，真是……（搖頭）那個洗衣婦也有替我們家洗衣服，她個子小小，倒也勤快，每天挨家挨戶送取衣服。

貝太太：她家的男人呢？

保　莉：誰知道？都不在家，（壓低聲音）聽說——在監獄裏。

貝太太：（吃驚貌）這樣的家庭實在丟臉！我的女兒真的不能和他們來往。

保　莉：（輕視貌）他們家的兩個女兒衣着也奇怪，衣服都由別人不要的破布拼湊而成。有一次我看見那個大女兒穿着由我們家的綠色桌布和羅家紅絨窗簾布拼湊而成的衣服。哈，紅紅綠綠的，笑死人。

貝太太：多麼古怪。那個小的呢？

保　莉：那個小的嘛，又瘦又矮，卻穿着長袍和男孩的小長靴，常常跟在她姊姊小莉後面，不發一言，誰都沒見過她笑。

貝太太：這家人真是有問題，不要招惹他們。（聽見敲門聲）進來。

貝　嘉：（一陣疑遲）媽媽、保莉姨媽！

貝太太：貝嘉，剛才你們的同學都看得高興嗎？

貝　嘉：高興，差不多全班同學都參觀過玩具屋，現在整天都說着這個話題。（停頓）媽媽，我想問你，下次可以請高家姊妹來嗎？

保　莉：（驚愕）什麼？

貝太太：（憤怒）當然不可以！

貝　嘉：（輕聲）為什麼呢？

貝太太：不必多說，你明明知道原因的。

第四幕　欺凌

敍事者：午餐時間，孩子在校園的樹下吃東西，食物豐富極了，有厚厚的羊肉三文治和奶油玉米烤餅，她們有說有笑。至於高家姊妹呢，她們坐在一旁；姊姊拿出用報紙包着的果醬三文治與妹妹分享，兩人一邊吃，一邊聽同學說笑。幾個星期過去了，玩具屋的話題減少了，同學也開始轉移話題。

艾　美：（笑着）我喜歡爸爸買給我的裙子，上面有漂亮的黃菊圖案，還結着小蝴蝶。（看見不遠處的高小莉，不屑地說）怎麼有人會穿成這樣？（低聲說）她長大後，一定也當傭人！

貝　莎：(學她媽媽的眼神) 哦，多可怕。(引起一陣笑聲)

貝　嘉：(微張口)

傑　西：或許她想幫她媽媽賺錢？

蓮　娜：(眨一眨眼，輕聲) 我們問她一聲怎樣？

傑　西：我打賭你不敢去。

蓮　娜：呸，我才不怕，去就去吧！（以奇怪、醜化的姿勢走向高姊妹，輕佻貌）高小莉，你長大後會當傭人嗎？

高小莉：(像平常一樣靦腆傻笑)

蓮　娜：(看到沒有預期反應) 哼！（有些窘態，大叫）你爸爸是個犯人！

眾　人：(情緒高亢) 嘩，嘩……哈哈 (一哄而散)。

艾　美：大家過來跳繩，多痛快！竟然跳得那麼高！

貝　莎：跳啊！

傑　西：(興奮) 貝莎，你的花式實在太厲害了！哈哈！

第五幕　邀約

敍事者：這天下午，聽見有客人來，貝莎和貝洛雀躍得立刻上樓換衣服。貝嘉卻從後門偷偷溜出去，站在院子的鐵閘旁。不久，她看到小莉、小愛兩姊妹走近。貝嘉略為猶豫，但最後推開鐵閘，走向她們。

貝　嘉：喂，你們好嗎？

高小莉：(吃驚) 啊！

高小愛：(睜大眼睛)

貝　嘉：如果你們想的話，可以來我家看玩具屋。

高小莉：(漲紅着臉，搖頭)

貝　嘉：為什麼不？

高小莉：(喘口氣) 你媽媽告訴我媽媽，你不可以跟我們說話。

貝　嘉：哦，那——。(停頓) 沒關係，你們可以照樣來我家看玩具屋的。來吧，現在沒有人。

高小莉：(頭搖得更厲害)

貝　嘉：你們不想看嗎？

高小莉：啊，小愛，你扯我的裙子？(看到妹妹懇求的眼神。停頓。對着貝嘉輕輕點頭) 好。

貝　嘉：往這邊，我先開門。看，這就是。

高小莉：(深深吸一口氣) 啊，妹妹，你看。

貝　嘉：(和藹) 前面的牆可以打開，我鬆開旁邊的鉤子。(停頓) 這是客廳、飯廳……

保　莉：(開門聲) 貝嘉！

貝　嘉：(嚇了一跳) 啊！

保　莉：貝嘉！(冷酷、惱怒) 你竟然把高家的孩子帶進來！(惡狠貌) 你清楚知道，你不能跟她們說話！(轉向小莉、小愛）走開，你們立刻離開這裏，不准再來。（趕小雞的手勢，叫喊）走，快走！

高小莉：（惶恐，低頭護着妹妹離開）

高小愛：（茫然）

保　莉：（大罵）貝嘉，你這個不聽話的壞孩子。（砰！關上玩具屋的門）哼！

第六幕　看見

敍事者：高家姊妹驚慌地奔跑，不久就在路旁的水管坐下來。高小莉的兩頰仍然發燙，她脫下帽子，放在膝蓋上拿着，慢慢地呼吸。她的視線越過那廣闊的草地、越過小溪，落在一片樹林下。

高小莉：（默默無言）

高小愛：（緊挨着姊姊，撫弄她的帽子，露出難得的笑容，輕聲說）我看見那盞小油燈了。

延伸活動

一、簡短問答

1. 玩具屋外面有多少種顏色？

   四種，綠色、黃色、紅色、白色。

2. 玩具屋內的椅子精緻到什麼地步？

   椅墊是用紅絲絨做的。

3. 油燈的燈罩是什麼顏色的？

   白色。

4. 哪兩位同學最先獲得邀請參觀玩具屋？

   蓮娜和艾美。

5. 為什麼這兩人最先獲得邀請？

   因為她們能討得貝莎歡心。

6. 這間學校的收生情況如何？

   它取錄來自不同家庭背景的男女生。

7. 高太太的工作是什麼？

   替人洗衣服。

8. 貝太太告誡自己的女兒什麼？

   不得和高家的孩子說話。

9. 高小愛的服飾有哪兩處不協調？

   個子矮小但穿着長袍，身為女孩卻穿着男孩的小長靴。

10. 高家孩子的午餐是什麼？

   果醬三文治。

11. 同學如何欺凌高家兩姊妹？

他們高聲說高小莉將來會當傭人，又說她們的爸爸是犯人。

12. 高小愛在全劇中只說了哪一句話？

「我看見那盞小油燈了。」

二、深入討論

學生可以分組討論。以下的回應只是建議，非標準答案。

1. 家庭

(1) 你認為貝家姊妹和高家姊妹的關係有否不同？

貝家大姊喜歡操控別人，妹妹都不願與她爭辯；高家姊妹的關係是友愛、真誠、信任，充滿默契。

(2) 貝太太和保莉姨媽的家庭環境如何？她們有什麼社會觀念？貝太太怎樣教育子女？

富有、市儈、自以為高高在上，歧視別人，對下一代造成不良的影響。

(3) 高太太如何教養子女？

勞工階層的婦女不懂得如何照顧兒女，衣着也是隨便拼湊的。

2. 校園

(1) 誰是班上的領袖？為什麼？

貝莎，眾人都想盡辦法討好這位富家女。

(2) 在貧富懸殊的一班裏，班上的孩子如何相處？

壁壘分明。大部分人會看輕身分不同的少數，而這類被看輕的少數會投向大多數，歧視「與別不同」的更少數。

(3) 富有的孩子在心態、語言、行為上如何對待貧窮的孩子？

他們歧視、嘲笑、孤立、惡意誹謗貧窮的孩子，且有越加升級的傾向。

(4) 第四幕尾跳繩那場戲，表現出那群孩子怎樣的心理？

他們把過往不敢說的話說出口，情感得到宣洩和快感，從而獲得一種殘忍的滿足（王文興，頁 122）。欺凌別人也會令這夥人更團結。

(5) 面對一次又一次的傷害，高家姊妹有何回應和感受？

她們傻笑、沉默，以掩飾內心的憤怒與痛楚。

3. 人物

(1) 從高小愛的言行舉止判斷，你認為她像「自閉的孩子」嗎？

她容易受驚、緊張、害怕，缺乏安全感；但她有內在的生命力。

(2) 為什麼貝嘉的心態行為與她的姊姊不同？為什麼最初她邀請高家姊妹參觀玩具屋時，有點猶豫不決？

獨立思考、感應美與善；她只是小孩，要踏出圈外殊不容易。（思考：這和她是排行最小的孩子是否有關？）

(3) 當保莉姨媽像趕小雞般轟走高家姊妹的時候，她們的心情如何？

受辱、驚慌、卑屈、難堪。

(4) 第六幕高家兩姊妹坐下看着遠方的景物，她們的心情又如何？

迷惘、平靜、感受到美的愉悅。

4. 藝術

(1) 玩具屋的吸引力在什麼地方？你認為它在本劇中有何象徵意義？

逼真、精美（注意：玩具屋同時有刺鼻的油漆味）。浮華、物質、虛假。

(2) 你認為本劇的高潮在哪一幕？

第五幕，貝嘉踏出界線，走向「善」的那邊。

(3) 為什麼全劇只有貝嘉和高小愛留意到那盞小油燈？你認為小油燈有什麼象徵意義？

心靈的美感、仁愛之心（王文興，頁156–157）。油燈象徵美麗，也象徵善良，天堂一瞥（王文興，頁157）。

(4) 高小愛全劇只有一句台詞，這樣的安排有什麼用意？

之前的無聲抑壓，也是聲音的一種。最後突然說話，釋放出千鈞力度，也點出主題。

(5) 除了末句，全劇哪一句台詞最觸動你？為什麼？

同學可自由發表意見，例如第三幕：「但也有一條界線」。（思考：這條界線是誰劃的？成年人平常有否為自己和孩子立下一些無形的界線？）

(6) 你認為故事的主題是什麼？

無論邪惡如何強大，也不能熄滅美善和希望。

三、論壇劇場

這劇場需要演出兩遍；第二次演出，觀眾可以介入、參與其中，改變原來的情節發展。老師可扮演丑客 (joker) 一角，不斷拋出問題引領觀眾／學生思考，鼓勵他們取代劇中任何一個角色，然後以說話和行動回應。

1. 何謂「欺凌」？你認為劇中發生的事情是否欺凌？

   是，那是語言和關係的欺凌；強者攻擊弱者、以眾暴寡。

2. 你想改變劇中的不幸嗎？在劇本第二、三、四、五幕中，你會在哪一點叫停，改變當時的情況？你會代入哪個角色？會說怎樣的話？

   例如第二幕，面對艾美不友善的質問，高小莉自然地說：「我和大家一樣聽到貝莎說玩具屋，看出大家都很有興趣，是嗎？」深呼吸，不用害怕。

   第三幕末，貝嘉勇敢發聲，問媽媽：「是否別人貧窮，我們就可以取笑或排斥他們？」

   第四幕，高小莉微笑回應蓮娜的挑釁：「蓮娜，你的身體沒有不舒服吧？抱歉，我不與你多談了，現在要和妹妹回家。」說畢，離開現場，把整件事告訴老師。

   第五幕，保莉姨媽趕走高家姊妹，高小莉平靜地說：「保莉阿姨，我們是你們家的客人，你身為長輩，請自重，別用這樣不禮貌的態度待人，我們現在會離開。」回家後再把事情告訴母親。高太太說：「女兒，你們做得對，我們雖然貧窮，但以誠待人，努力工作，仍可活得有尊嚴。」

3. 如果你是旁觀者，身處第四幕的場景，你會如何反應？

   人群散後，走向高家姊妹，溫柔而堅定地對她們說：「小莉、小愛，不要難過，是她們不對，你們完全沒有錯。她們罔顧別人的感受，取笑你們，實在太可惡了。不如我們把這件事告訴老師？否則，以後她們只會變本加厲，繼續傷害你們和其他弱小的同學。」

4. 如果你是老師，知道第四幕的情況後，你會怎樣處理？
   立刻與高家姊妹溝通、多方了解事情發生的經過、嚴正處置惡意的欺凌者，並與雙方家長聯絡。長遠而言，整間學校要推廣正面的價值觀念。

四、形體劇場

劇場主要透過身體表達思想感情，可以分組進行。以下不論小標題或肢體動作均屬舉例，同學可按自己的體會發揮。

第一幕：浮華與謙遜

眾人以形體表達玩具屋內各物件。保莉姨媽和貝莎的動作略為誇張，給人霸氣之感；貝嘉的位置稍有不同，她要表達油燈的光與美。

最後定格，保莉、貝莎、貝洛砌成大屋的形狀，貝嘉則是謙遜的小油燈。

第二幕：諂媚與真誠

整個佈局是對比圓圈內（班上學生）和圈外兩點（高家姊妹）。圈內的焦點是貝莎，她經常指手畫腳，眾人對她百般討好。貝嘉雖然在圈內，但位置最接近高家姊妹，她仍以形體表達油燈之美。

高家姊妹聆聽之餘又流露出羞怯的眼神，妹妹不時扯姊姊的衣角，而姊姊心領神會。

最後定格，圈內眾人伸手迎向高處的貝莎，圈外兩小點則移向另一方。

第三幕：邪惡與善良

貝太太和其妹保莉劃出一條明顯的線，把孩子拉到自己那邊。她們告訴孩子高氏夫婦的背景，又取笑高家孩子衣着奇怪；界線的另一邊是羞怯的高氏姊妹。

最後定格，貝嘉想越過那條線，卻被母親和保莉姨媽拉住。

第四幕：人之惡

圓圈內眾人互相嬉笑戲謔，他們的眼神帶有敵意，不時投向圈外的高家姊妹。

其中一人突然故意壓低自己的身體，以醜化的姿態走向圈外，令高家姊妹難堪。高家姊妹看得目瞪口呆。

停頓。然後一陣起鬨，圈內眾人以慢動作玩「跳大繩」，神情極為亢奮。

最後定格，同時呈現圈內的瘋狂之舞與圈外高家姊妹的委屈。

第五幕：善惡爭持

仍然是第三幕那條無形的線。貝嘉四處張望，見沒有人，略為猶豫，然後她踏出界線，揚手邀請高家姊妹過來。

貝嘉友善邀請，但對方不斷搖頭推卻。高小愛拉一拉姊姊的衣角，三人一起進院子看玩具屋。高氏姊妹展現好奇興奮的神態，卻突然被保莉的聲音嚇一跳。

最後定格，保莉姨媽指罵貝嘉，高氏姊妹縮作一團，相擁踏出界線。

第六幕：生命的美善和希望

這是最富象徵的一幕。高氏姊妹坐在一旁，驚魂未定，她們深呼吸，眼睛望向遠方，自由無垠的遠方。停頓良久。

妹妹緊挨姊姊，然後站起來，演繹小油燈的形態。

最後定格，姊妹倆站在一起，手挽手身體互相靠着，沉默、微笑、閉眼。兩人外側的兩隻手慢慢向上，然後合在一起，形成像火焰、尖頂的形狀。

五、閱讀與寫作

1. 閱讀原著：本故事發生在百年前的新西蘭，這樣的事情在今天仍會發生嗎？為什麼？
   會。人性永恆的善惡相爭。
2. 閱讀王文興的短篇小說〈玩具手槍〉，你認為成人的欺凌行為跟《玩具屋》小學校園的情況相比，有何異同？
   本質無分別，但〈玩具手槍〉的欺凌還涉及暴力、體能、性別，情況更尖銳。這些並非同學或朋友間的玩樂，而是對別人深深的傷害。
3. 戲劇《玩具屋》令你對校園欺凌有什麼看法和感受？題目自訂。
4. 觀看下列其中一部電影：《奇蹟男孩》(*Wonder*)、《告白》、《瑪莉安永遠十三歲》(*Marion, Forever 13*)、《陽光姊妹淘》、《少年的你》。觀賞後結合對《玩具屋》的討論，寫下觀後感。題目自訂。

參考書目

王文興。《玩具屋九講》。台北：麥田出版，2011。〔解說細緻深入〕

徐志摩。〈再說一說曼殊斐兒〉。載於《新月詩魂》。趙遐秋編。上海：東方出版中心，1998。215–220。

張雷、馮有方、王燕。《安全上學、快樂成長：如何防止校園欺淩與克服社交退縮》。香港：中文大學，2004。

黃成榮。《學童欺凌研究及對策：以生命教育為取向》。香港：花千樹出版，2003。

凱瑟琳·曼斯菲爾德（Katherine Mansfield）著。《娃娃屋》。載於《娃娃屋：曼斯菲爾德短篇小說傑作選》。謝瑤玲編譯。台北：木馬文化，2011。33–44。

凱瑟琳·曼斯菲爾德（Katherine Mansfield）著。《娃娃房子》。載於《曼斯菲爾德短篇小說集》。唐寶心編譯。天津：天津人民，1982。244–253。

Beane, Allan L. *The New Bully Free Classroom: Proven Prevention and Intervention Strategies for Teachers K-8*. Minneapolis: Free Spirit, 2011.〔實用處理方法〕

Bradshaw, Catherine P and Tracy Evian Waasdorp. *Preventing Bullying in Schools*. New York & London: Norton, 2020.

Fullbrook, Kate. *Katherine Mansfield*. Sussex: The Harvester Press, 1986.

Harris, Sandra and Garth F. Petrie. *Bullying: The Bullies, the Victims, the Bystanders*. Maryland: Scarecrow Press, 2003.〔分別指出小學、初中、高中欺凌情況〕

Hayes, Rosemary and Carrie Herbert. *Rising above Bullying*. London: Jessica Kingsley Publishers, 2011.〔提出很多實用解決方法〕

Mansfield, Katherine. "The Doll's House." *The Garden-Party: Katherine Mansfield's New Zealand Stories*. Auckland: Century Hutchinson, 1987. 77–84.

Olweus, Dan. *Bullying at School: What We Know and What We Can Do*. Oxford: Blackwell Publishers, 1993.〔早在 70 年代已關注、研究、防止校園欺凌〕

O'Toole, John., Bruce Burton., and Anna Plunkett. *Cooling Conflict: A New Approach to Managing Bullying and Conflict in Schools*. New South Wales: Pearson Longman, 2005.〔以應用戲劇手法教導學生處理校園欺凌〕

Rigby, Ken. *Bullying in Schools: And What to Do about It?* Victoria: ACER Press, 2007.

三◎結語

筆者滿懷喜悅，帶着充沛的力量撰寫本書。看，能與那麼多作家心靈交流，叫人何等興奮！我也樂見作家筆下的人物一個又一個活生生跳出來說話、行動——記得改編〈我們的村落〉時，除了主角白文信醫生，我還請了當時有關的人物出來，如何啟、孫中山，他們也奇妙地「相遇」、對話。此外，為免日本的魯迅太寂寞，我邀請其師藤野嚴九郎出來，「重現」師生對話的情景。這一切都猶如魔術，而筆者就是躲在背後的魔術師。那一刻，我快樂得手舞足蹈。

這份創作的喜悅要與他人分享。本書部分作品是我在香港大學教育學院「文學教育課程」中採用的篇章示例。我教導學生如何把戲劇技巧融入中文課堂，但每當遇上改編環節時，他們總帶着很多問號：老師，應該要怎樣改寫？隻字不漏轉化為劇本？可否自行加插一些片段？如何拿捏中間的增刪？用什麼語言演出比較好？[1] 所謂教學相長，學生的疑難也驅使我好好整理這些問題——要建立架構和原則，讓教與學能有依據和參考，而非任憑各人主觀發揮。當然，若非教育劇場，主觀發揮也是其中一種藝術表達的方式。

曼斯菲爾的《玩具屋》給我很大的啟發。這篇小說放在第八章，卻是最先書寫的一章。縱使世界充滿陰暗，但決不絕望。小油燈雖然微小，卻如此美麗、柔和堅定。更重要的是，它讓我們看見。文學藝術的力量令我們覺醒、思考和感受，因此我以小油燈作為本書的中心意象和內涵。這精神又和 Lipman 的教育哲學不謀而合——融會判別、創意、關懷

1　筆者建議朗讀劇場的劇本撰寫和演出都用書面語，讓學生掌握文學作品語言之美。

思考。其實人文學科的最高境界都是相通的。筆者曾經參加「小光芒」(Les Petites Lumières) 的兒童哲學工作坊，獲益匪淺，老師 Chiara Pastorini 使我深刻體會整全思考何等重要。若只強調一點，恐怕會走向極端，對孩子的成長反而有損。本書的教育意義在於從以下三方面整體培養學生成長：

一、深刻思考

任何偉大的文學作品都值得我們沉思，作家看到什麼，讓我們這些看不到、看不清、自以為看見的人有所啟悟。他們要我們穿透表面，深入了解自己、他人、這個世界的真實面貌，探索人性與生命本質。

要探索的人生問題當然不限這八篇，本書只是因應體裁、篇幅、課堂因素而作出選擇。這些作品的主題和藝術內涵，與本書的精神契合。筆者在寫作過程中嘗試發掘每篇的中心思想 (這又與意象互為表裏) 和戲劇衝突，從而歸結出一些探究問題，讓學生層層推論、判斷，甚至自我修正。這裏嘗試列出來，以便讀者綜覽全局：

改編劇名	中心思想	意象	衝突	探究問題示例
1.《織布機與戰馬》 改編自： 〈木蘭詩〉	女性的能力與付出	織布機、戰馬、雌雄兔	女性身分、孝順、思家 vs 行軍艱苦、受傷死亡、欺君罪	- 什麼是女性的能力？ - 女性能否勝任傳統男性範疇的工作？ - 女性與男性的社會角色是否有分別？
2.《鬼域哭聲》 改編自： 〈兵車行〉	反戰	哭聲、車聲、馬聲	不願當兵（傷亡、離家、貧窮）vs 上位者要打仗、拉夫、苛稅	- 什麼是戰爭？ - 戰爭是否災難？ - 戰爭能使國家強大嗎？
3.《哪條路？》 改編自： 〈手推車〉	難民、反戰	手推車、黃土地、路程	逃難、活下去 vs 敵人追逼、風沙、飢餓力竭、不知方向	- 什麼是痛苦？ - 痛苦有出路嗎？ - 痛苦是生命的本質嗎？
4.《白色世界》 改編自： 〈鹽〉	貧窮、絕望	鹽和其他白色的物件、二嬤嬤的盲瞳、失明／看見	貧窮、匱乏、疾病、死亡 vs 兵災、權力者的利益爭奪與不仁、宗教人士冷漠	- 什麼是貧窮？ - 什麼是憐憫？ - 貧窮是否絕望？ - 貧與富有什麼分別？

（下頁續）

改編劇名	中心思想	意象	衝突	探究問題示例
5.《這星夜》 改編自： 〈海星〉	犧牲、理想、愛	天上的星星、海上的星星、摘星之路	為愛尋夢、努力追求理想 vs 阻隔、遙遠、難以達到目標	- 什麼是愛？ - 什麼是理想？ - 為理想犧牲是否值得？
6.《醫者心》 改編自： 〈我們的村落〉	愛心、貧窮、救國救民、堅持與反抗	醫治	醫治貧病者、開民智、救民水火 vs 社會落後、政治腐敗、人民無知、疾病橫行	- 什麼是醫治？ - 何謂好醫生？ - 什麼是社會病症？ - 堅持是反抗的力量嗎？
7.《鉛心王子》 改編自： 《快樂王子》	付出、友誼、愛、苦難	王子、燕子、寶石、金片、鉛心	不斷付出愛、心靈滿足、有意義的生命、永恆的天國 vs 世人的嘲笑、受傷死亡、污穢世界	- 什麼是友誼？ - 苦難可以避免嗎？ - 苦難可以改變嗎？ - 什麼是有意義的生命？
8.《我看見》 改編自： 《玩具屋》	欺凌、貧窮	玩具屋、小油燈、看見	愛心、謙遜、堅持美善 vs 欺凌（言語、行為歧視）	- 什麼是欺凌？ - 欺凌別人是真正強者所為嗎？ - 仁愛能否驅走世間的黑暗？

正如「導論」中提及的文學交流理論所言，每位讀者與作品的交流都獨一無二。故此，上述領會並非絕對，讀者可從別的角度判別思考、感悟不同層次的生命。

二、美感創造

由閱讀到改編，最後經歷演出，筆者若能在過程中飽嘗興奮與滿足，相信其他編劇／學生也能感受到同樣的喜悅。對，美感與喜悅就是如此主觀快樂的。

八部作品包含古典與現代的作品，而且體裁不一，故每次的改編都充滿挑戰。一次又一次深入閱讀作品後，筆者既與作者產生共鳴，也有自己的體會，形成心中的美學世界。這個戲劇世界有其獨特的藝術魅力，我如何於此呈現自身的生命視角？每個分幕、角色對話、行動設計、聲音構思都是內化與重生後的結果，呼應原著之餘又各有所表，若即若離，這是十分微妙、奇特的美學經驗。

更獨特的是，由紙本化為舞台，又是另一藝術世界。無論筆者自己演出獨白劇，或學生演繹改編作品，都看到新的生命和各有異彩的精神世界。例如學生發揮〈手推車〉的難民故事，舞台上有飢餓者向一難民家庭乞求饅頭，但難民一家也不夠吃，那給還是不給？也有難民搶奪凍死路邊屍體的衣服，一幕幕鏡頭令觀者心酸。又例如一次上〈海星〉課，有學生提出可否把最後一幕作些變化？她建議除居民甲、乙外，多加一個居民的小兒子，三人一同讚嘆美麗的海上星星。我連聲叫好，領悟到小兒子是「希望」的象徵；摘星孩子雖然犧牲了，但福澤一代又一代的人，意境比我改編的深遠。這就是不同人以自己的心靈捕捉藝術作品的特異之處。

此外，為加強學生深入體會閱讀，筆者亦建議加插延伸活動，讓學生延續整全思考的學習。除了深入討論和讀寫活動外，也嘗試不同的戲劇活動。改編為朗讀劇場只是其中一種表達方法，還有無數趣味與深度兼備的藝術表達方式，可供選擇！下表整理並列出各章的活動建議：

原著	戲劇活動	其他活動示例
1.〈木蘭詩〉	良心小巷、 畫外音、 獨白、 聲音效果	- 綜合其他女性生活的北朝樂府詩 - 閱讀當今勇敢女性的傳記 - 觀看卡通電影《花木蘭》
2.〈兵車行〉	人物訪問、 對談、定格	- 閱讀其他相關題材的唐詩 - 代入不同角色，撰寫回應（戰地報道、日記、家書）
3.〈手推車〉	故事演出、 人物訪問、 綜合劇場	- 閱讀艾青其他相關題材的詩歌 - 注意新聞報道，關懷各地難民的情況
4.〈鹽〉	超現實劇場	- 閱讀瘂弦其他相關題材的詩歌 - 閱讀繪本
5.〈海星〉	獨白、 形象劇場	- 閱讀陸蠡其他散文篇章 - 閱讀林肯、甘地、梵谷的傳記 - 繪畫
6.〈我們的村落〉	角色提問	- 閱讀龍應台其他散文篇章 - 參觀博物館
7.《快樂王子》	人物對談、 形體劇場	- 閱讀王爾德其他童話故事 - 繪本製作
8.《玩具屋》	形體劇場、 論壇劇場	- 閱讀王文興的小說 - 觀看有關欺凌的電影

「原創」(Originality)、「想像」(imagination)、「實驗」(experimentation)、「驚奇」(surprise)等字眼都是 Lipman 談創意、思考的概念(頁 245–246)。筆者認同不應囿於傳統，大可嘗試新的手法，例如在原著空隙處開拓情節、讓原詩和劇本對白交錯、結合定格與朗讀劇場、因應作品主題而發掘不同聲效、將同一作家不同作品合成新的劇場、讓本書不同作品互通聲氣、結合探究劇本與不同媒介(如繪畫、音樂、電影)。總之，多閱讀，多儲備資源，拓闊視野，並嘗試跳出原有思考框框，就會有驚喜收穫。

三、真切關懷

這環節充滿情緒的起伏。在凝重、沉痛和悲憫中有微笑；在憂傷中也看到愛、信心與希望。什麼是苦難？《快樂王子》的王子問得好，讓讀者思考生命的奧秘。他對燕子說，「你告訴我許多奇異的事情，但最奇異的莫過於人世的苦難。沒有像悲苦如許大的奧秘」(You tell me of marvelous things, but more marvelous than anything is the suffering of men and of women. There is no Mystery so great as Misery)(Wilde，頁 19)。當中「Mystery」和「Misery」首字母以大寫標示，表示非比尋常，像籠罩一切。然而，文學藝術本身就是關懷的行動，深信每個作家都能藉其作品，找到開啟這個奧秘的鑰匙。

回顧本章第一節的列表，〈兵車行〉、〈手推車〉、〈鹽〉的戲劇衝突似乎令我們看到無休止的痛苦與死亡。然而，這「看見」本身不也點起一盞燈、敲響一口鐘、令我們有所覺醒嗎？覺醒就是認知的第一步。我們不甘於只看到戰禍、流離失喪、貧窮、疾病、死亡等苦難，〈木蘭詩〉、〈海星〉、〈我們的村落〉、《快樂王子》、《玩具屋》同樣叫我們看到出路。女性可以突破自身和社會的限制，勇敢做許多事情；摘星的孩子不懈尋覓理想，雖九死其猶未悔。我們也看到解救身體病苦的醫者和開拓民智的啟蒙者，也有為友情、為從苦難拯救別人而犧牲的仁者。我們不一定是偉人，但若在日常生活中看到不平，請別忘記，我們也可像《玩具屋》的貝嘉一樣，勇敢踏出正義、美善的一步，化解人的自私與醜陋。

每次閱讀、改編、演出，到關懷實踐，我們都不是旁觀者，而是與上述的作者、角色人物一起提燈，凝聚微光為強大的光芒，照亮黑暗。繪本《年紀最小的班級裏，個子最小的女孩》（*The Smallest Girl in the Smallest Grade*）的女孩，她那麼小，卻也勇敢發聲；還有在《不可以！》（*No!*）裏說「不」的孩子，這石破天驚的字眼力量充沛，能夠作出改變。此際，筆者想起英國詩人 Matthew Arnold（1822–1888）《多佛海灘》（*Dover Beach*）最後一節：

Ah, love, let us be true
To one another! for the world, which seems
To lie before us like a land of dreams,
So various, so beautiful, so new,
Hath really neither joy, nor love, nor light,
Nor certitude, nor peace, nor help for pain;
And we are here as on a darkling plain
Swept with confused alarms of struggle and flight,
Where ignorant armies clash by night.

世間之海潮漲潮退，波濤洶湧，唯一堅定的力量就是真誠、恆久忍耐，又有恩慈的愛。

本書以上述三方面理念為基礎，試圖梳理由文學作品改編為舞台演出的原則、過程、方法。這活動立足於教室，因此鼓勵學生深入閱讀，並按部就班由模擬到變化，學習改編技巧，中間經歷文字變換和舞台演繹兩次轉化。每個環節都充滿驚喜，令讀者和作品有深刻的思想、情感交流。韋政通指出，人文教育的特色在於體驗，「因為體驗是一種真實的感受，是一種精神的投入」(頁171)。這八部作品是學生親自體驗的神奇歷程，精神世界豐富，相信他們會繼續與不同的作品相遇，發掘其獨特的藝術生命，令自己和別人變得更美麗，活得更有價值。

這趟旅程於此慢慢結束，但我知道前面即將展開新的旅程，我願意與每個孩子、學生、提燈者一起成長。萬水千山，帶着沉穩而有力的步伐，心境充滿平安和盼望。

參考書目

韋政通。《中國思想與人文關懷》。台北：洪葉文化，2000。

Lipman, Matthew. *Thinking in Education*. Cambridge: Cambridge University Press, 2003.

McPhail, David (大衛・麥克菲爾). *No!* (不可以). 林真美譯。台北：遠流出版，2015。

Roberts, Justin (賈斯丁・羅伯茲). *The Smallest Girl in the Smallest Grade* (年紀最小的班級裏，個子最小的女孩). ill. Christian Robinson (克里斯汀・羅賓遜). 柯倩華譯。台北：維京國際，2018。

Wilde, Oscar. "The Happy Prince". *Complete Fairy Tales of Oscar Wilde*. New York: Signet Classics, 2008. 9–22.